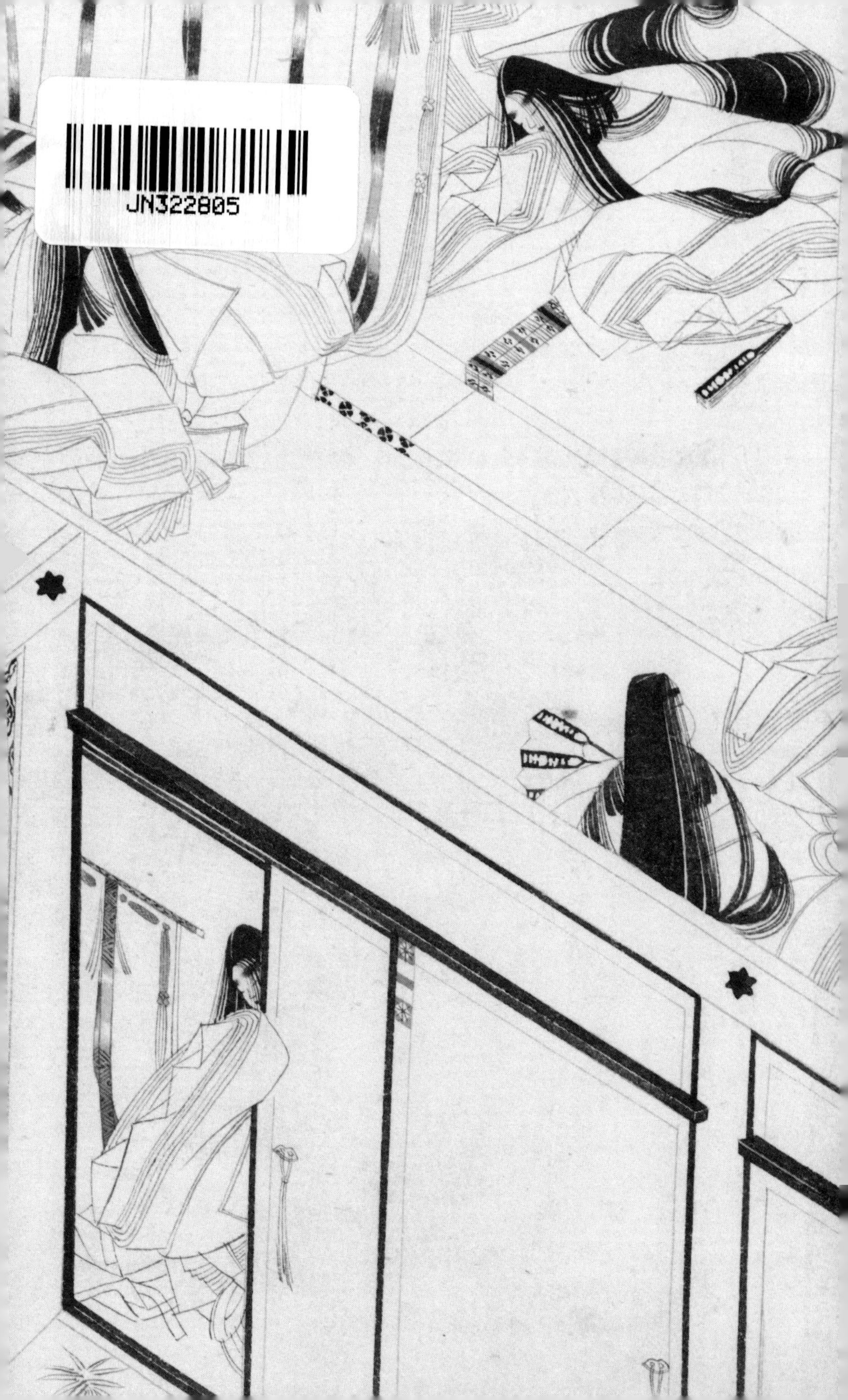

監修者——加藤友康／五味文彦／鈴木淳／高埜利彦

［カバー表写真］
彰子と紫式部
（『紫式部日記絵巻』より，白氏文集進講）

［カバー裏写真］
『和漢朗詠集』
（伝藤原公任筆）

［扉写真］
定子（右上）と清少納言（左下）
（『枕草子絵詞』〈模本〉より）

日本史リブレット人020

清少納言と紫式部
和漢混淆の時代の宮の女房

Maruyama Yumiko
丸山裕美子

目次

和漢混淆の時代の女流文学

なほ才《ざえ》をもととしてこそ、大和魂《やまとだましい》の世に用ゐらるる方も強う侍らめ

（『源氏物語《げんじものがたり》』少女《おとめ》巻）

光源氏《ひかるげんじ》が息子夕霧《ゆうぎり》の元服《げんぷく》▲にあたり、その教育方針を述べるくだりの一文である。「大和魂」の初見史料としても知られる。光源氏はその年のうちには太政《だいじょう》大臣となる文字どおり最高権力者の地位にあった。その嫡子の元服であるのだから、「四位《しい》になしてんとおぼし、世人もさぞあらんと思へるを」（『源氏物語』同）、源氏は夕霧を六位《ろくい》にとどめ、しかも大学寮《だいがくりょう》▲で学ばせることにしたのである。

摂関《せっかん》期の最高ランクの貴族《きぞく》の子弟は、一二歳から一六歳で元服すると、五位《ごい》に叙されるのが一般的であった。五位に叙されることを叙爵《じょしゃく》という。多くは従《じゅ》

▼**元服**　男子の成人儀礼。初《うい》冠《こうぶり》・加冠《かかん》ともいう。成人名をつけ、整髪して冠を着し、大人社会に加わる。摂関期の貴族の子弟は、だいたい一二〜一六歳で元服し、同時に叙位された。

▼**大学寮**　式部省《しきぶしょう》管下の官吏養成機関。博士以下の教官が、紀伝（文章）道を中心に明経・明法・算の諸道を専門別に教授した。ただし、摂関期には学問の世襲化が進み、実質的な意義は低下しつつあった。

五位下《げ》に叙されたが、左大臣《さ》藤原道長《ふじわらのみちなが》の嫡男頼通《よりみち》など正《しょう》五位上《じょう》に初叙《しょじょ》される例もあった。初叙で四位とは原則一世源氏▲に限られるから、夕霧を四位にというのは物語の設定とはいえ特別の扱いとなるが、六位というのはそれ以上に異例の対応であった。加えて、当時の貴族の子弟が、大学寮で学ぶことはきわめてまれであった。

「才」とは、大学寮での学問＝漢学《かんがく》のことをさす。大学寮では、儒学《じゅがく》を学ぶ明《みょう》経《ぎょう》道《どう》、律令《りつりょう》を学ぶ明法《みょうぼう》道のほか、算術を学ぶ算道、歴史と詩文を学ぶ紀伝《きでん》道が教授されたが、これらの学問はみな中国の学問であった。摂関期には紀伝道＝文章《もんじょう》道がとくに重視され、夕霧はこのあと勉学に勤しんで試験に合格し「擬《ぎ》文章生《もんじょうしょう》▲」になる。『史記《しき》』『漢書《かんじょ》』などの中国の史書と『文選《もんぜん》▲』など中国の詩文を学んだのである。

「大和魂」とは、ここでは日本人としての生活、実務のことをさす。学問（この場合は漢学）こそが、社会で生きぬくためのゆるぎない力になる、という言葉は、光源氏の教育方針であると同時に、紫式部（九七三?～一〇一九以降?）の拠って立つところの考えであったのだと思う。

▼**一世源氏**　天皇の皇子で源《みなもと》を賜姓されたもの。親王の子が源姓を賜わった場合は二世源氏という。

▼**擬文章生**　大学寮で紀伝道を学び、寮《りょう》の試験（寮試）に合格すると擬文章生となる。さらに省試《しょうし》（式部省の試験）を受けて合格すると文章生となり、その後順次官吏に任じられた。

▼**『文選』**　中国南朝梁代《なんちょうりょうだい》に編纂された詩文集。昭明太子《しょうめいたいし》撰。三〇巻。詩《し》・賦《ふ》を中心に、詔《しょう》や表《ひょう》、墓誌《ぼし》や祭文《さいもん》まで、歴代の優れた作品約八〇〇編が集められている。早く七世紀には伝来し、日本の文学に大きな影響をあたえたが、『枕草子』に「書は文集（白氏文集）・文選」とあるように、摂関期においても重んじられた。

▼**『和漢朗詠集』**　摂関期に編纂された詩歌集。藤原公任《きんとう》撰。二巻。上巻は四季、下巻は風・雲・恋・無常などと部類し、それぞれ朗詠

いわゆる「国風《こくふう》文化」の時代、清少納言（九六六？〜一〇一七以降？）や紫式部に代表される女流文学は、「かな（和文）」で記されたが、同じ時代に男性官人は「漢文」で日記を書いていた。『和漢朗詠集《わかんろうえいしゅう》』▲が編纂された時代、「漢」と「和」は併存していた。

唐絵《からえ》と大和絵《やまとえ》、漢詩《かんし》と和歌《わか》、漢文で書かれた史書や男性の日記と、かなで書かれた物語や女性の日記、これらは対立する存在ではなく、同時に存在していたのである。

女流文学の舞台となった平安京《へいあんきょう》も、その大内裏《だいだいり》には礎石《そせき》▲建ち瓦葺《かわらぶき》の中国風建築と檜皮葺《ひわだぶき》▲の和風の殿舎が秩序立って同時に存在していた。内裏の正殿《せいでん》である紫宸殿《ししんでん》には、中国歴代の賢臣の肖像を描いた障子《しょうじ》が立てられ（「賢聖《けんじょう》障子」）、天皇の生活の場である清涼殿《せいりょうでん》の障子にも唐絵が描かれていたが、その裏側には大和絵が描かれていた。『枕草子《まくらのそうし》』二一段「清涼殿の丑寅《うしとら》の隅の」にみえる「荒海のかた、生きたる物どものおそろしげなる、手長足長《てながあしなが》などをぞかきたる」障子は、中国の古典『山海経《せんがいきょう》』▲をモチーフとしたものだが、その裏面には宇治《うじ》川の網代《あじろ》▲で魚をとる大和絵が描かれていたのである。

にふさわしい漢詩の佳句と和歌とを載せる。漢詩は白居易《はくきょい》（七七二〜八四六）作が多く、この時期の白氏尊重がうかがえる。伝本には書写が平安《へいあん》中・後期にさかのぼる優品が多い（カバー裏写真参照）。

▼**礎石**　柱の下におく石。瓦葺の建物の場合、瓦が重いので、柱の沈下を防ぐために礎石が用いられた。

▼**檜皮葺**　檜《ひのき》の樹皮で葺いた屋根。紫宸殿や清涼殿など内裏の主要殿舎は檜皮葺である。

▼**『山海経』**　中国古代の地理書。漢代には成立していた。神話的記述を多く含み、国内外の地勢・産物・風俗や空想的動物などを記す。手長・足長は長臂《ちょうひ》国・長股《ちょうこ》国に住む人物をモチーフとしている。

▼**網代**　川瀬に竹や柴を連ねてならべ、その端に筌《うけ》や簀《す》（編んだ籠）をつけて魚を追い込む仕掛け。宇治川では氷魚《ひお》漁に使われた。

『白氏詩巻』（部分、藤原行成《ゆきなり》筆）

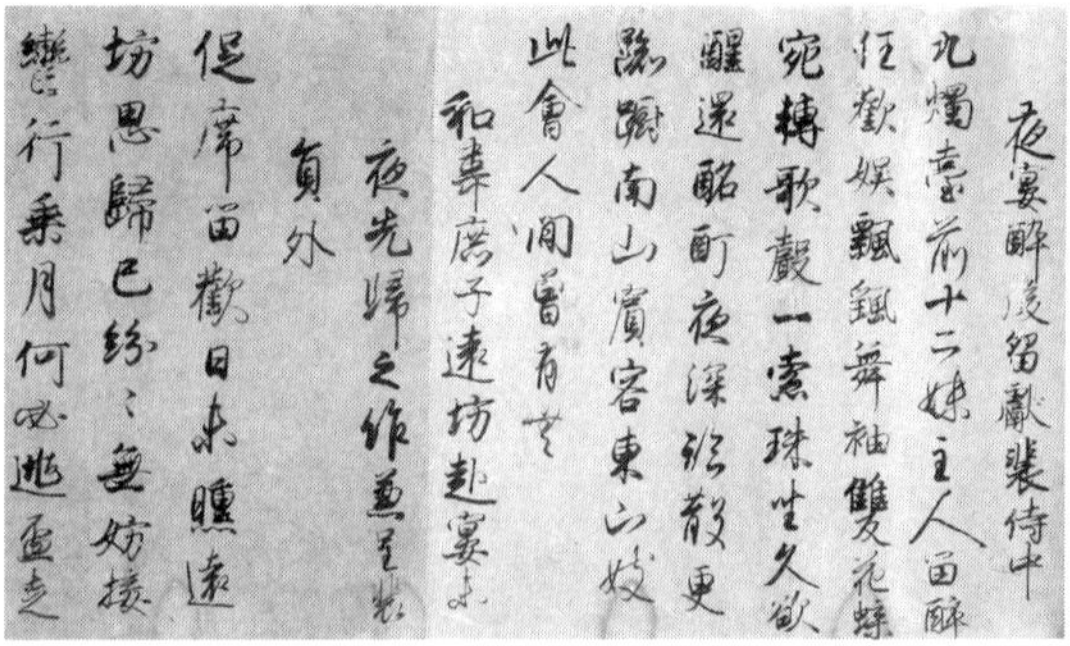

▼『白氏文集』「新楽府」　『白氏文集』は中国唐代の白居易の詩文集。八四五年に成立。もと七五巻。白居易の作品はその生前から日本に伝えられ、平安文学に多大な影

目崎徳衛氏の詳細な検討によれば、藤原道長は、作文《さくもん》（漢詩）と和歌とを区別し、漢詩を主に和歌を従とし、学芸としては漢詩を、遊興の宴では和歌をよんだと指摘する。道長政権期の女性歌人《かじん》らの和歌は、前後の時代の公的な歌合《うたあわせ》の場と異なり、日々の宮仕えの機知の産物であった。

「国風文化」という枠組みの捉えなおしが進んでいる。榎本淳一氏や河添房江氏が明らかにしたように、国風文化という概念は近代以降に成立したものである。一国史的な視点で、文化の独自性を強調し、それ以前の唐風（中国）文化と対比する形で用いられてきた。けれども、その国風文化は、唐風文化を消化吸収したうえに花開いたものであり、かつ唐風文化と共存していたのである。

清少納言と紫式部の生きた時代は、そうした和と漢とが共存していた時代であった。紫式部は光源氏に「才（漢学）をもととしてこそ」といわせたが、自身も中宮彰子《ちゅうぐうしょうし》に『白氏《はくし》文集』「新楽府《しんがふ》」▲を講じていた（カバー表写真参照）。清少納言が『白氏文集』を典拠とする会話を楽しんだこともよく知られていよう。本書では、こうした和漢混淆《こんこう》の時代において、彼女たちの文学が生み出された文化的背景と、彼女たちの文学のもつ歴史的な制約とをみていきたい。

その際、以下の四つに視点をしぼって記述する。第一に「一条《いちじょう》天皇とその後《こう》宮《きゅう》」という視点である。『枕草子』も『源氏物語』も一条天皇の時代に生み出された。その時代と後宮について概説する。彼女らの作品は、普遍的な内容をもつが、同時にその時代の政治情勢が反映されていると考えるからである。

第二に「女房たちの世界」という視点である。清少納言も紫式部も「中宮の女房」であった。女房とはどのような存在で、なぜこの時代に女房文学がはなやかに輩出したのかを考えたい。

第三に「受領《ずりょう》▲の娘」「受領の妻」という視点である。周知のように、清少納言も紫式部も受領の娘であったし、この時代の他の女流文学もまた受領の娘・妻らによって書かれたものであった。そのことの意味を考える。

第四に「女性の日記」と「男性の日記」という視点で検討を加えておきたい。両者はまったく性格の異なるものととらえられがちであるが、同じ時代の産物である。ここでは、『枕草子』の日記的章段と『紫式部日記』とを素材に、それらと対応する男性官人の記録とを比較検討する。女房の眼と男性官人の眼、二つのまなざしから、この和漢混淆の時代を読み解いていきたい。

響をあたえた。摂関期にはとくに重んじられ、『源氏物語』は白居易の「長恨歌《ちょうごんか》」の影響を受けているとされる。道長も『文集』をたびたび贈答していることが『御堂関白記《みどうかんぱくき》』にみえている。なかでも「新楽府」は、唐代に白居易らが創始した新しい歌辞で、風諭《ふうゆ》的内容をもつ。

▼**受領**　諸国において政務をとる国司《こくし》の官長《かんちょう》（最高責任者）をいう。守《かみ》である場合が多いが、守が遥任《ようにん》の場合は、権守《ごんのかみ》または介《すけ》がこれにあたる。摂関期には任国に赴いた国司の官長＝受領に責任と権限が集中し、彼らはその権力を駆使して中央に税を納入する徴税請負人化していた。摂関期の受領は、中央の公卿《くぎょう》の家司《けいし》をつとめる者も多く、その財力で公卿らにさまざまな形で奉仕した。③章参照。

①—一条天皇とその後宮

一条天皇の時代

一条《いちじょう》天皇は……叡哲欽明《えいてつきんめい》にして広く万事に長《すぐ》れり。才学文章《さいがくもんじょう》、詞花《しか》人に過ぎ、糸竹絃歌《しちくげんか》、音曲《おんぎょく》倫《ともがら》に絶《すぐ》れたり。……時の人を得たること、またここに盛りとなす。（中略　＊具平親王《ともひらしんのう》以下八六人列挙）皆これ天下の一物《いちもつ》なり。
（『続本朝往生伝《ぞくほんちょうおうじょうでん》』▲）

『続本朝往生伝』は、一条天皇が優れた資質をもち、漢詩《かんし》や管絃《かんげん》に巧みであったことを述べたうえで、その時代にさまざまな才能あふれる人材が輩出したこと（「時の人を得たること」）を高く評価する。中略部分には、道長《みちなが》や伊周《これちか》などの政治家をはじめ、管絃・詩歌《しいか》や絵画などの芸術に優れた者、陰陽師《おんみょうじ》・医師《くすし》から僧侶や武士まで、ずらりと八六人が列挙されている。もっともここで「天下の一物」と称される才人たちのなかには、女性は、和歌《わか》に優れた者として赤染衛門《あかぞめえもん》▲と和泉式部《いずみしきぶ》▲の二人があがっているだけで、清少納言も紫式部もその名はみえない。漢詩や和歌に比し、散文《さんぶん》の地位はまだ低かったからである。

▼**『続本朝往生伝』**　十二世紀初めに成立した往生伝。大江匡房撰。一巻。

▼**赤染衛門**　摂関期の歌人。赤染時用《ときもち》の娘、大江匡衡《まさひら》の妻。藤原道長の正妻源倫子《りんし》の女房、のちに彰子の女房もつとめた。歌集に『赤染衛門集』があり、『栄花物語《えいがものがたり》』正編の作者とされる。

▼**和泉式部**　摂関期の歌人。大江雅致《まさむね》の娘、橘道貞《たちばなのみちさだ》の妻、小式部内侍《こしきぶのないし》の母。為尊《ためたか》親王・敦道《あつみち》親王との恋愛で名高い。のちに藤原保昌《やすまさ》と再婚した。母とともに昌子内親王（冷泉天皇皇后）の女房をつとめ、彰子の女房もつとめた。『和泉式部日記』『和泉式部集』がある。

▼**村上天皇**　九二六～九六七。在位九四六～九六七。醍醐天皇皇子。関白藤原忠平《ただひら》の死後は、摂関をおかず、その治世は醍醐天皇の

天皇の側近であった藤原行成《ふじわらのゆきなり》もまたその日記に「主上《しゅじょう》(一条天皇)は寛仁《かんにん》の君《きみ》にして、天暦《てんりゃく》(村上《むらかみ》天皇)▲以後、好文の賢皇《けんおう》なり」と記している(『権記《ごんき》』長保《ちょうほ》二〈一〇〇〇〉年六月二十日条)。行成がこう記したとき、一条天皇はまだ二一歳である。即位してから一〇年以上たっているとはいえ、この年齢で「寛仁の君」「賢皇」と同時代の人から評価されているわけである。

書中有往事▲

閑就典墳送日程　其中往事染心情　百王勝躅開篇見　万代聖賢展巻明
学得遠追虞帝化　読来更恥漢文名　多年稽古属儒墨　縁底此時不泰平
(『本朝麗藻《ほんちょうれいそう》』▲巻下)

二十代の一条天皇がよんだ漢詩である。典籍《てんせき》を読み、古《いにしえ》の聖賢・帝王の治世を学ぶと、わが身を恥じるばかりだが、多年学問をおさめてきたのだから、私の治世が泰平《たいへい》でないはずはない、という意味である。

一条天皇の時代、とくにその治世の後半、長保・寛弘《かんこう》年間(九九九〜一〇一二)には、作文会《さくもんえ》(漢詩をつくる会)が盛んに開かれており、大江匡房《おおえのまさふさ》▲は漢詩について「長保・寛弘に再び昌《さか》んなり」と評している(「詩境記《しきょうき》」)。漢学の隆盛とそれ

治世とともに「延喜《えんぎ》・天暦《てんりゃく》の聖代《せいだい》」と称された。

▼**「書中有往事」詩の訓読**　「閑《しずか》に典墳《てんぷん》に就いて日程を送る　其の中の往事、心情に染む　百王の勝《しょう》躅《ちょく》、篇を開きて見　万代の聖賢、巻を展《ひら》けば明らかなり　学び得て遠く追う虞帝《ぐてい》(舜《しゅん》)の化　読み来りて更に恥ず漢文(漢の文帝)の名　多年の稽古、儒墨に属す　底《なに》に縁りてか此《こ》の時泰平ならざらん」。

▼**『本朝麗藻』**　摂関期の漢詩集。高階積善《もりよし》(定子の母方の叔父にあたる)撰。二巻。寛弘年間(一〇〇四〜一〇一二)の詩を集めている。一条天皇、藤原伊周、道長や、紫式部の父藤原為時《ためとき》の詩も載る。

▼**大江匡房**　一〇四一〜一一一一。院政《いんせい》期の官人、学者、詩人、歌人。多くの漢詩文、和歌を残し、日記『江記《ごうき》』、儀式書『江家次第《ごうけしだい》』ほか、『江都督願文集《ごうととくがんもんしゅう》』『続本朝往生伝』『本朝神仙伝《しんせんでん》』など著作も多い。

を学んで政治に反映させる帝王学（文章経国《もんじょうけいこく》）の思想を認めることができるであろう。とはいえ、七歳で即位した幼帝が、最初からこうした思想をもち、政治にかかわっていたわけではもちろんない。

一条天皇は九八〇（天元《てんげん》三）年、時の天皇円融《えんゆう》▲の第一皇子として生まれた。諱《いみな》を懐仁《やすひと》という。母は当時の右大臣藤原兼家《かねいえ》▲の娘、女御詮子《にょうごせんし》▲である。円融天皇には皇后として藤原兼通《かねみち》▲の娘媓子《こうし》が立てられていたが、彼女は子を産まないまま懐仁誕生の一年前になくなっていた。その後の皇后には関白《かんぱく》藤原頼忠《よりただ》▲の娘遵子《じゅんし》が立てられ、詮子は女御のままだった。

九八四（永観《えいかん》二）年、円融天皇は譲位し、冷泉《れいぜい》天皇▲第一皇子の花山《かざん》天皇▲が践祚《せんそ》▲すると、懐仁親王は五歳で皇太子に立てられた。そしてわずか二年後の九八六（寛和《かんな》二）年、花山天皇の突然の出家《しゅっけ》入道《にゅうどう》によって、七歳で践祚することになったのである。まだ一九歳だった花山天皇の出家は、最愛の女御忯子《きし》が妊娠八カ月でなくなったことを契機とするが、外孫懐仁の即位を望んだ兼家の巧みな誘導によるものとされている。皇太子には冷泉天皇第二皇子で、花山天皇の異母弟である居貞《いやさだ》親王▲（三条《さんじょう》天皇）が立てられた。居貞は一条天皇と同じく兼家

▼**円融天皇**　九五九〜九九一。在位九六九〜九八四。村上天皇皇子。母は藤原師輔《もろすけ》の娘安子《あんし》。

▼**藤原兼家**　九二九〜九九〇。藤原師輔の子。一条天皇の即位により、外祖父として摂政となる。子に道隆・道兼・道綱・道長・超子（三条天皇母）・詮子らがいる。

▼**藤原詮子**　九六二〜一〇〇一。藤原兼家の娘。円融天皇女御、一条天皇の母。一条天皇の即位により、皇太后となり、九九一（正暦二）年に院号宣下《いんごうせんげ》を受けて東三条院となった。

▼**藤原兼通**　九二五〜九七七。藤原師輔の子。兄伊尹《これただ》の死後、弟である兼家と摂関の地位を争った。円融天皇の関白となり、死の間際に関白と氏長者を従兄弟の頼忠に譲り、兼家を左遷した。

▼**藤原頼忠**　九二四〜九八九。藤原実頼《さねより》の子。兼通から関白を譲られたが、円融天皇皇后に立った

娘の遵子に子が生まれず、外戚にはなれなかった。

▼冷泉天皇　九五〇〜一〇一一。在位九六七〜九六九。村上天皇皇子。母は藤原師輔の娘安子。幼少から異常な行動が多かったという。

▼花山天皇　九六八〜一〇〇八。在位九八四〜九八六。冷泉天皇皇子。母は藤原伊尹の娘懐子。退位、出家ののちも、風流をよくし、和歌や絵画に非凡な才能を発揮した。『拾遺《しゅうい》和歌集』の選者とされる。

▼践祚　皇位を継承すること。先帝の死または譲りを受けて皇位を継承し、その後、日をあらためて即位の儀式が行われた。

▼居貞親王　九七六〜一〇一七。冷泉天皇皇子。母は藤原兼家の娘超子。九八六(寛和二)年立太子。一〇一一(寛弘八)年に一条天皇から譲位され、即位(三条天皇)。一条天皇と彰子とのあいだに生まれた敦成親王が皇太子に立った。

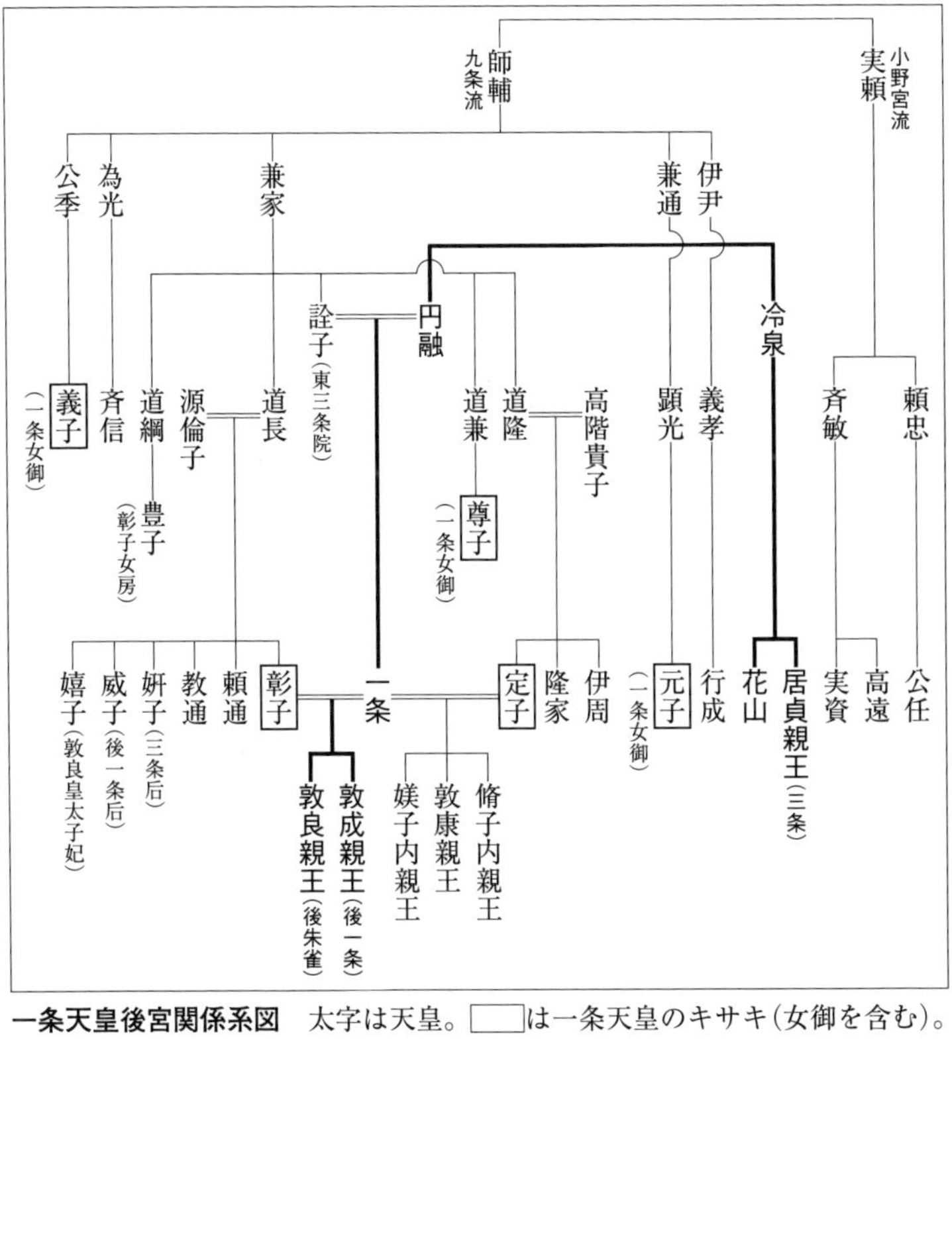

一条天皇後宮関係系図　太字は天皇。□は一条天皇のキサキ(女御を含む)。

藤原道長(『紫式部日記絵巻』)

▼**藤原道長**　九六六〜一〇二七。藤原兼家の子。九九五(長徳元)年兄道隆・道兼の死後、内覧・氏長者、翌年左大臣となり、一上として長く政権を握った。四人の娘を天皇・皇太子の皇妃に立て、外孫三人が天皇となった。

▼**入内**　天皇の后妃・女御となる人がはじめて内裏にはいること。また皇妃・女御らが内裏に参入することをいう。

▼**内覧**　天皇への奏上を事前にみて処理する権利をあたえられた者。関白に準じる職掌といえる。

の外孫にあたり(母は兼家の娘超子《ちょうし》)、このとき一一歳であった。皇太子のほうが天皇よりも年長ということになる。

一条天皇は七歳の幼帝であったから、外祖父《がいそふ》兼家が摂政《せっしょう》となって後見《こうけん》した。兼家は道隆《みちたか》・道綱《みちつな》・道兼《みちかね》・道長▲ら息子たちを強引に昇進させ、四年後の九九〇(正暦《しょうりゃく》元)年七月、長男道隆に摂政の地位を譲って、なくなった。この年正月に一条は一一歳で元服《げんぷく》し、道隆の娘の定子《ていし》が入内《じゅだい》▲して女御になっていた。

定子はまもなく中宮《ちゅうぐう》に立ち、以後、一条の寵愛を独占した定子とその父道隆、道隆の息子伊周(この一家を中関白家《なかかんぱくけ》と呼ぶ)が繁栄するが、九九五(長徳《ちょうとく》元)年の道隆の死、翌年の伊周の失脚によって没落する。かわって道長が台頭し、九九九(長保元)年には道長の娘彰子《しょうし》が入内する。中宮に立った彰子は、一〇〇八(寛弘五)年に敦成《あつひら》親王(後一条《ごいちじょう》天皇)、翌年に敦良《あつなが》親王(後朱雀《ごすざく》天皇)を産む。道長は道隆の死後、内覧《ないらん》▲、ついで左《さ》大臣となって以来、一条朝を通じて朝廷トップの座にあった。

かつて、摂関《せっかん》期の天皇というのは、外戚《がいせき》である摂政・関白のいいなりで、政治的な力をもたないお飾りと思われていた。しかし、摂関期の政務や議定《ぎじょう》のあ

陣定定文案（藤原行成筆）

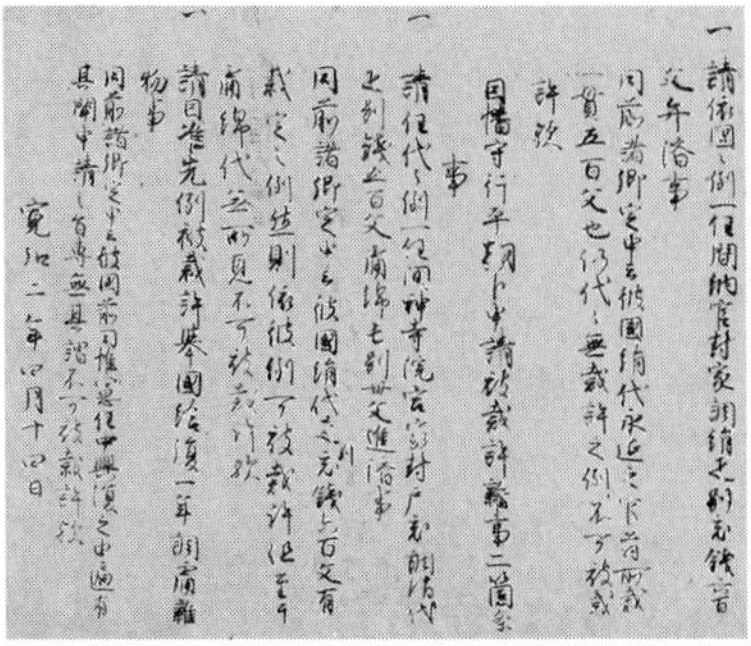

▼陣定　公卿会議。内裏の左近《さこの》衛《え》の陣（陣座・仗座）で行われたので陣定という。国政の重要事項が審議された。

▼公卿　参議以上・三位以上の貴族の総称。太政大臣（常置ではない）・左右大臣（内大臣がおかれる場合もある）と大納言・中納言・参議ら、国政の重要事項を審議する議政官。上達部《かんだちめ》ともいう。

り方が具体的に明らかにされ、形式化・儀式化されつつもシステム化された政務が執行され、重要な案件は「陣定《じんのさだめ》」▲という公卿《くぎょう》▲会議できちんと審議されたことがわかってきた。この陣定は、天皇が発議し、筆頭の大臣「一上《いちのかみ》」が招集して審議が執り行われ、その審議結果は天皇に奏上《そうじょう》される。会議で意見が分かれた場合はそれをそのまま奏上し、それに対して天皇が判断をくだす。つまり摂政・関白が独善的に政治を行っていたわけではなく、あくまで天皇に最終的な決定権があったのである。

　道長は後世「御堂《みどう》関白」と呼ばれるにもかかわらず、実は終生関白になることはなかった。このことについて、成人した一条天皇の「関白をおかない」という意志の表れとみることもできるが、一条天皇のあとを受けた三条天皇が道長に関白就任を要請した際にも、道長はこれを丁重に断わっている。大津透氏は、道長は関白になれなかったのではなく、一貫して意図的に関白にならなかったと理解すべきだと主張する。関白は公卿会議に加わらない。道長は、公卿会議の筆頭である左大臣＝「一上」にとどまることによって、陣定（公卿会議）を主催し、公卿たちを統括する権利を保持することを選んだのである。

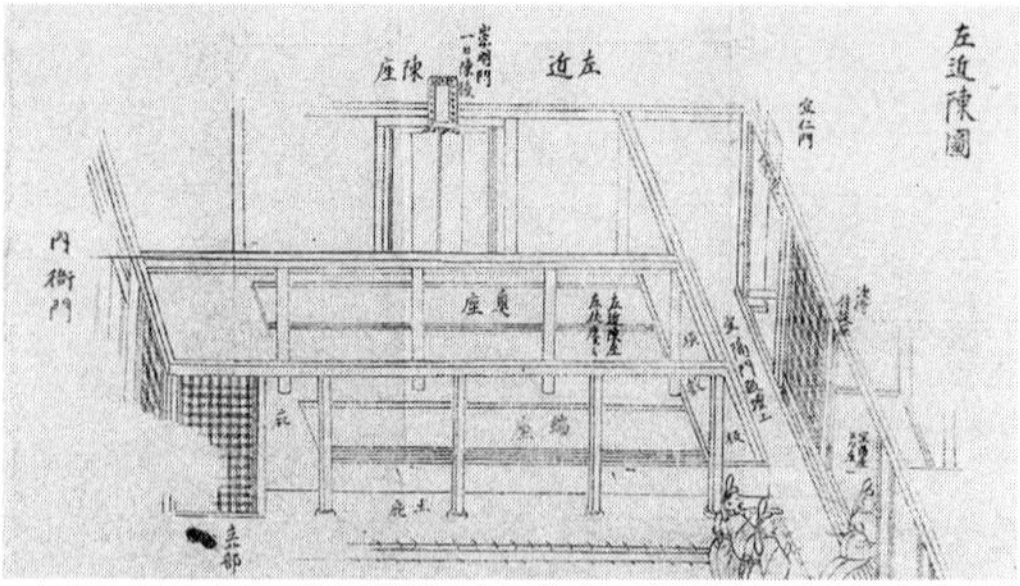

陣座（『年中行事絵巻』）「左近陳図」は「左近陣図」の意。

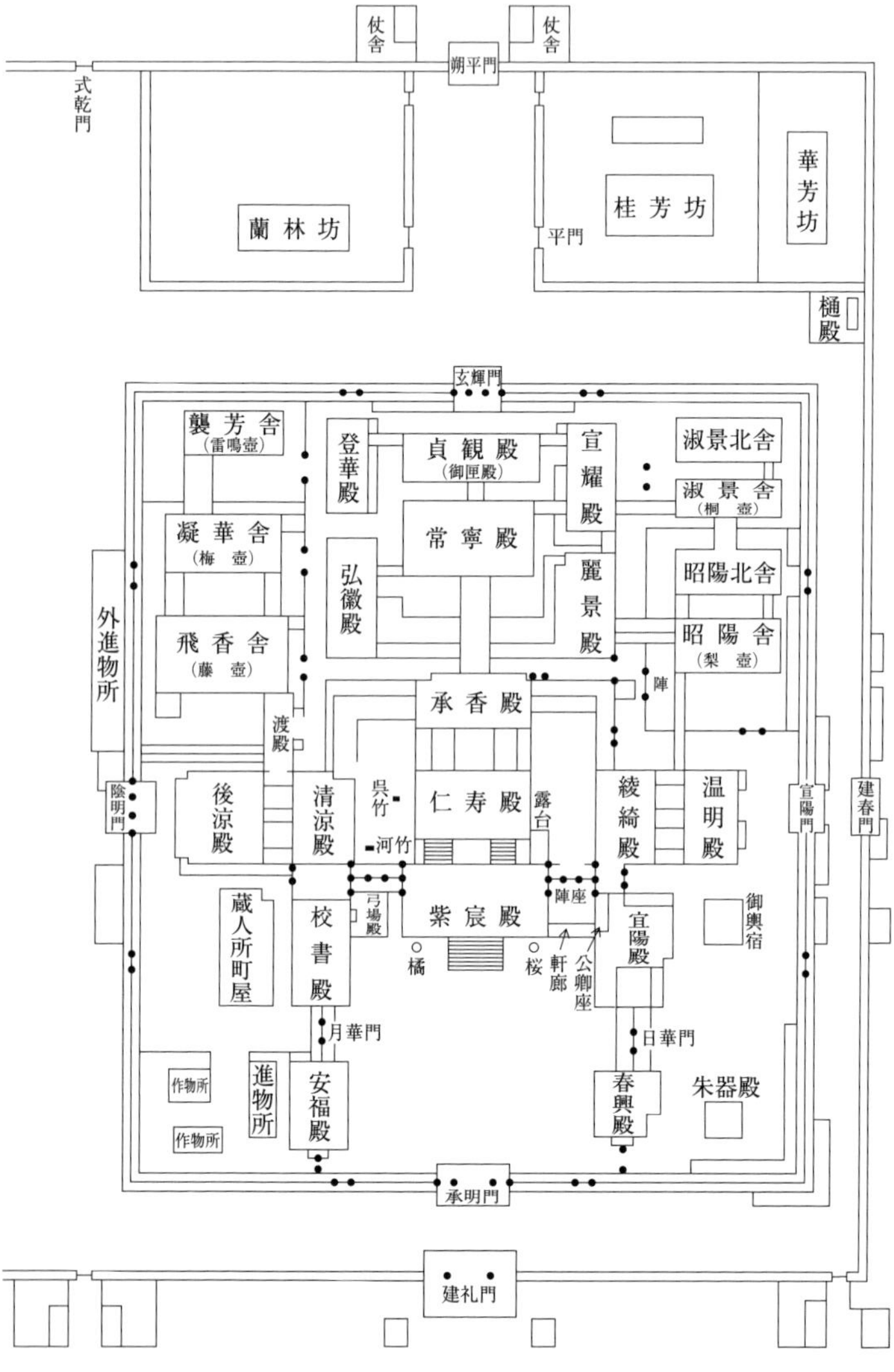

内裏図（『平安京提要』をもとに作成）

一条天皇の後宮——中宮定子

一条天皇の後宮《こうきゅう》というと、皇后定子と中宮彰子の二后《にこう》並立をイメージしがちであるが、二后並立の期間はわずかに一〇カ月であった。彰子が入内したのは九九九(長保元)年十一月であったが、立后《りっこう》は翌年二月で、その年十二月には定子はなくなってしまったのだから。それに、定子は、敦康《あつやす》親王▲・媄子《びし》内親王《ないしんのう》▲出産のため平生昌《たいらのなりまさ》▲の邸宅(三条宮《さんじょうのみや》)に滞在していることが多く、彰子が道長の土《つち》御門第《みかどてい》に里帰りしているときだけ、一条院内裏《いちじょういんだいり》▲にはいっていて、二人が同時に内裏にいたことはなかったのである。また紫式部が彰子に仕えたのは、定子がなくなって以後で、清少納言と紫式部が同時に後宮にいたこともなかった。

一条天皇の後宮は、大きく三つの時期に分けられる。第一期は即位から元服までの時期(九八六〜九九〇〈寛和二〜正暦元〉年)。この時期には妻后はおらず、母后である皇太后《こうたいごう》詮子が実質上後宮のトップであった。詮子は内裏にあって一条天皇を後見していたと考えられ、東三条殿《ひがしさんじょうどの》に住んでいた時期もしばしば内裏に参入し、行幸《ぎょうこう》▲の際などには一条と同じ輿《こし》に乗って付き添った。第二期は元服し、定子が入内して中宮であった時期(九九〇〜九九九年)。そして第三期は

▼**敦康親王**　九九九〜一〇一八。一条天皇第一皇子。母は中宮定子。後見《こうけん》がなく、皇太子にはなれなかったが、一品准三宮《いっぽんじゅさんぐう》に遇された。

▼**媄子内親王**　一〇〇〇〜一〇〇八。一条天皇第二皇女。母定子は媄子の出産の際になくなった。

▼**平生昌**　生没年不詳。平惟仲《これなか》(九四四〜一〇〇五)の弟。定子の中宮大進《だいしん》。但馬守《たじまのかみ》・播磨《はりま》守などを歴任。その邸宅は三条四坊二町に所在し、竹三条宮と呼ばれた。二三ページ図参照。

▼**一条院内裏**　もと藤原伊尹の邸宅を東三条院詮子が入手し、九九九(長保元)年の内裏焼亡の際、一条天皇はここを内裏とした。天皇は、内裏の新造後もこの一条院に住むことが多かった。二三ページ図参照。

▼**行幸**　天皇が内裏から他所へ行くこと。なお皇太子や皇后の外出は行啓《ぎょうけい》という。

▼**添臥**　天皇・皇太子や皇子が元服した夜に、添い寝をする役目の少女。妻となる予定の公卿の娘がつとめた。

▼**藤原道隆**　九五三〜九九五。藤原兼家の子。道兼・道長らの兄。定子の父。父兼家の死後、一条天皇の摂政・関白となる。

▼**氏長者**　氏族《しぞく》のなかの官位トップの者がなり、氏神《うじがみ》祭祀、氏社《うじしゃ》の管理、氏の大学別曹《だいがくべっそう》の管理をつかさどった。藤原氏の場合、摂政・関白と一体である場合が多く、朱《しゅ》器《き》台盤《だいばん》や長者印、殿下渡領《でんかのわたりりょう》を伝領した。

▼**中宮職**　中宮に関する庶務をつかさどった官司。大夫、亮《すけ》、大《だい》進《じょう》・少進《しょうじょう》、大属《だいさかん》・少属《しょうさかん》の四等官《しとうかん》で構成される。

▼**藤原伊周**　九七四〜一〇一〇。藤原道隆の子。母は高階貴子。定子の同母兄。若くして内《ない》大臣まで昇進するが、父の死後失脚する。

彰子が入内し、二后並立の時期をへて、定子の死とともに彰子が名実ともに中宮であった時期（九九九〜一〇一一〈長保元〜寛弘八〉年）である。清少納言が活躍するのは第二期の中宮定子の宮であり、紫式部は第三期の中宮彰子の宮を活動の場とした。

『枕草子《まくらのそうし》』に描かれる定子の宮と、『紫式部日記』のなかで語られる彰子の宮は、同じ一条天皇の後宮でもずいぶんと雰囲気が異なる。その違いは、もちろん清少納言と紫式部との性格の違いや、定子と彰子の資質の違いによるものであろうし、政治情勢の変化もある。また一条自身が十代の少年であった時期＝定子の宮と、二十代以降の青年期＝彰子の宮という違いも大きかった。

まずは中宮定子の宮についてみていこう。一条天皇は九九〇年正月一一歳で元服し、三歳年上の一四歳の藤原定子が添臥《そいぶし》▲として入内した。翌月には定子は女御となり、その年十月に中宮に立った。

定子の父藤原道隆▲は、一条天皇の外祖父摂政兼家の長男で、時に内《ない》大臣左《さ》大将正二位《しょうにい》三八歳であった。兼家がこの年五月五日に病のために職を辞したため、同月十三日には氏長者《うじのちょうじゃ》▲を引き継ぎ、二十六日に摂政となった。兼家は七月二日に死去し、道隆は名実ともに藤原氏のトップに立った。このとき道隆の同母弟道長は二五歳、正三位《さんみ》になったばかりの権中納言《ごんのちゅうなごん》であった。道長は十月五日の定子立后に際してその中宮大夫《だいぶ》(中宮職《ちゅうぐうしき》▲の長官)となっている。このとき同じく定子の中宮職には、道隆・道長の異母兄弟にあたる道綱が権大夫《ごんのだいぶ》に任じられている。道長や道綱が中宮大夫・中宮権大夫としての職務をどれほど忠実に果たしていたかは不明であるが、氏長者の娘の立后を一族でバックアップする態勢が形のうえでは整えられていたことが認められる。

　道隆は父の兼家がかつてそうしたように、息子たちの官位を強引に引き上げた。とくに長男伊周▲については、九九二(正暦三)年わずか一八歳で参議《さんぎ》▲になり、翌年一九歳で権大納言・正三位にまでのぼっている。さらに九九四(正暦五)年には、先任の権大納言であった道長を含め三人を越えて、内大臣に任じられる。道長は八歳年下の甥に先を越されたことになる。二一歳の若者が大臣になったのである。五一歳の中納言藤原顕光《あきみつ》▲や三八歳の中納言藤原公季《きんすえ》▲、三九歳の参議藤原実資《さねすけ》▲らはましてにがにがしい思いでみていたことであろう。

　九九五(長徳元)年四月の道隆の死まで、一条の後宮には定子以外に公卿の娘

▼**参議**　大臣、大納言・中納言の下におかれた議政官。公卿として国政の重要事項を審議する。

▼**藤原顕光**　九四四～一〇二一。藤原兼通の子。従一位左大臣にまでのぼるが、後宮政策は失敗し、また同時期の公卿らから能力を低く評価されていたことが知られる。

▼**藤原公季**　九五七～一〇二九。藤原師輔の子。母は醍醐天皇皇女康子《こうし》内親王。一条朝においては、伊周失脚後に内大臣となる。極官は太政大臣、贈正一位。

▼**藤原実資**　九五七～一〇四六。藤原斉敏《ただとし》の子。祖父の藤原実頼の養子となり、小野宮《おののみや》家を継ぐ。円融から一条天皇の蔵人頭をつとめ、道長と対立した三条天皇の信頼が厚かった。右大臣従一位にいたる。先例故実《こじつ》に詳しく、「賢人右府《けんじんうふ》」と称された。道長の九条《くじょう》流に対し、小野宮流として強いプライドと高い対抗意識をもっていた。

▼**裳着**　貴族女性の成人儀礼。着裳ともいい、はじめて裳を着用する。結婚の前に行われることが多い。

▼**几帳**　寝殿《しんでん》造りの室内調度。屏障具《へいしょうぐ》の一種。

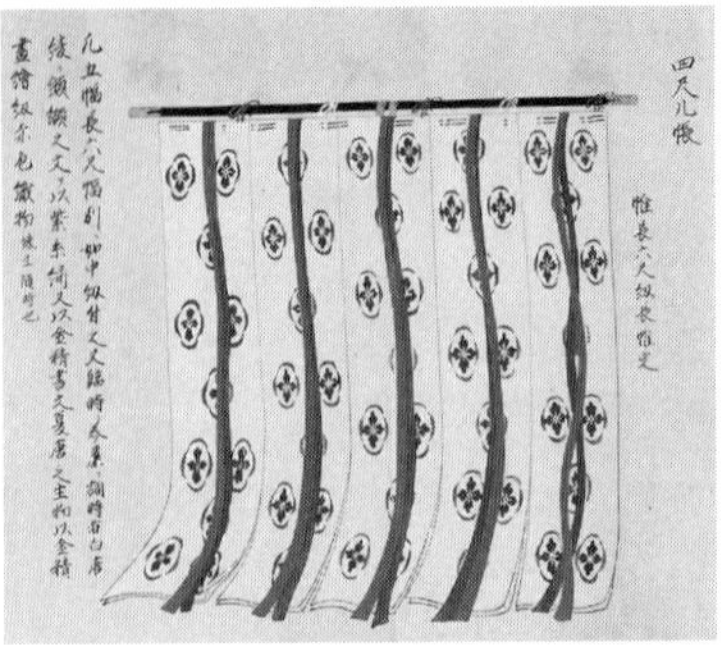

几帳(『類聚雑要抄指図』)

ははいっていない。道長の長女彰子はまだ幼かったが、のちに入内する公季の娘や顕光の娘、道兼の娘らは裳着《もぎ》▲もすませて十分入内する資格はあったはずである。しかしいずれも入内にいたらなかった。摂政(ついで関白)・氏長者である道隆の権勢にたてつくことはできなかったのである。

清少納言が定子の宮に仕えるようになったのは、九九三(正暦四)年冬閏《うるう》十月ごろかと推定されている。定子の入内から三年がたっていた。はじめて出仕したころの清少納言は、暗くなってから出仕し、几帳《きちょう》▲のうしろに隠れてめだたぬようにしつつ、定子の姿を「かかる人こそは、世におはしましけれ」と感嘆して見惚れているばかりであったが(『枕草子』一七七段「宮にはじめてまゐりたるころ」)、やがてその才能を存分に発揮し、定子の宮の栄華を洗練された筆致で描くことになる。

高欄《こうらん》のもとに青きかめの大きなるをすゑて、桜の、いみじうおもしろき枝の五尺ばかりなるを、いとおほくさしたれば、高欄の外《と》まで咲きこぼれたる昼方《ひるかた》、大納言殿(伊周)、桜の直衣《のうし》のすこしなよらかなるに、濃き紫の固《かた》紋《もん》の指貫《さしぬき》▲、白き御衣《おんぞ》ども、うへには濃き綾《あや》の、いとあざやかなるを出だして、まゐりたまへるに、上（一条天皇）のこなたにおはしませば、戸口の前なるほそき板敷にゐたまひて、物など申したまふ。……

（『枕草子』二一段「清涼殿の丑寅の隅の」）

定子の宮の絶頂期の描写である。伊周が大納言ということは、九九四年の春である。大きな青磁《せいじ》の花瓶《かびん》に挿された桜が咲きこぼれるなか、桜の直衣姿の伊周が、定子のいる清涼殿《せいりょうでん》にある弘徽殿《こきでん》の上《うえ》の御局《みつぼね》にやってくる。一条天皇もあらわれて、会話が交わされる。このあと、定子は女房たちにこの場にふさわしい歌を書くように命じる。清少納言は、藤原良房《よしふさ》▲が娘である染殿后明子《そめどののきさきあきらけいこ》▲をみてよんだ「年経《ふ》ればよはひは老いぬ　しかはあれど　花をし見れば　物思ひもなし」という古歌を、「君をし見れば」と巧みにいいかえてよんで、中宮を満足させる。

御簾《みす》のうちの女房たちは、季節にかなった色とりどりの装束でひかえている。清少納言も宮仕えに慣れてきたところ。桜の花を花瓶に挿したのは、染殿后の故事にならった定子の趣向で、清少納言はみごとにその意図を察したのである。一条天皇と定子と伊周の和気あいあいとした雰囲気、風流《ふりゅう》と機知《きち》に富んだ会話、

▼指貫　貴族男性の袴《はかま》の一種。裾《すそ》に紐《ひも》をさしぬいてくくった形の袴で、直衣などに用いる。

直衣（『紫式部日記絵巻』）

▼藤原良房　八〇四〜八七二。藤原冬嗣《ふゆつぐ》の子。外孫の清和《せいわ》天皇が九歳で即位すると人臣《じんしん》としてはじめて摂政となった。良房の歌は『古今《こきん》和歌集』巻一、春歌上に所収。

▼藤原明子　八二八〜九〇〇。藤原良房の娘。母は嵯峨《さが》天皇の娘源《みなもとのきよひめ》潔姫。文徳《もんとく》天皇女御、清和天皇の母。染殿后と呼ばれた。

清涼殿(『年中行事絵巻』)　毎年正月14日に清涼殿で行われた御斎会《ごさいえ》内論議《ないろんぎ》のようすを描いたもの。清涼殿の東広庇に公卿と僧侶らが着座している。殿庭に河竹《かわたけ》・呉竹《くれたけ》もみえる。

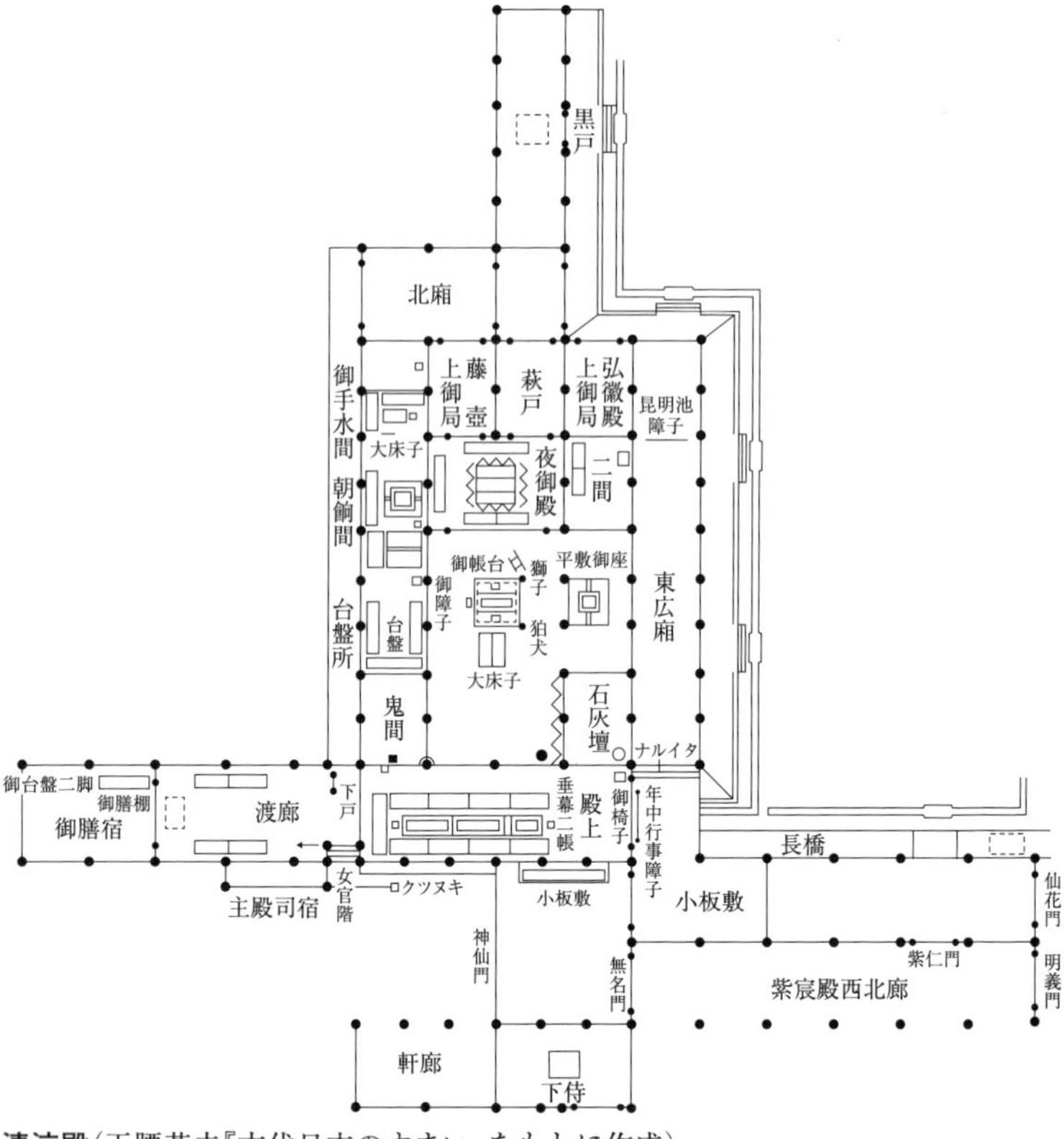

清涼殿(玉腰芳夫『古代日本のすまい』をもとに作成)

共通する教養や知性がよく伝わってくる。

さきにみたように、一条天皇は学問好きだった。『枕草子』には伊周が一条に「文《ふみ》の事（漢詩文）」について進講し、いつものごとく夜がふけてしまったという記述もある（二九三段「大納言殿まゐりたまひて」）。場所は清涼殿、定子もその場にいた。一条天皇と伊周・定子は漢詩文を共通の話題としていたのである。

定子の漢詩文に対する教養は、母の教育の賜物であるとされる。定子・伊周の母高階貴子《たかしなきし》▲は才媛の誉れ高い女性で、女性でありながら真名《まな》（漢字）もよく書き、内侍《ないし》（掌侍《ないしのじょう》）▲をつとめた経験をもつ。定子の宮の開明的な雰囲気は、こうした漢文に関する深い教養に支えられていたのである。

昨は禁家、今は滅亡

定子の悲劇の始まりは、九九五（長徳元）年四月の父道隆の死だった。道隆は持病のアルコール依存症と糖尿病が悪化してなくなったようであるが、この年は春から疫病が猛威をふるって公卿らを襲い、三月から六月のわずかな期間に、左大臣源重信《しげのぶ》、右大臣藤原道兼▲、大納言藤原朝光《ともみつ》、同藤原済時《なりとき》、権大納言藤原

▼**高階貴子**　?～九九六。高階成忠《なりただ》の娘。円融天皇に仕え、高内侍《こうのないし》と呼ばれた。藤原道隆の妻で、伊周・定子・隆家の母。漢詩文の素養があり、また和歌もよんだ。

▼**内侍（掌侍）**　「内侍」はもと内侍司の女官の総称であるが、摂関期には掌侍（内侍司の判官、ないしのじょう）をさした。

▼**藤原道兼**　九六一～九九五。藤原兼家の子。道隆・道長とは同母兄弟。兄道隆のあとを受けて関白となるが、すぐに病のために死去した。

道頼《みちより》、中納言藤原保光《やすみつ》、権中納言源伊陟《これただ》があいついで死亡した。一四人いた中納言以上の公卿のうち、実に八人がなくなってしまったのである。道隆がなくなったとき、後継の関白の宣旨《せんじ》は、道隆のすぐ下の弟である右大臣道兼にくだったのだが、その道兼も関白就任の慶申《よろこびもうし》▲に参内してからわずか七日で死去してしまった（「七日《なのか》関白」と呼ばれる）。ついで権大納言道長に内覧《ないらん》の宣旨がくだり、道長は伊周を押さえて右大臣に進んで、朝廷のトップに就いたのである。

　このとき、伊周ではなく道長に内覧の宣旨がくだったのは、道長の姉で一条の母后である東三条院《ひがしさんじょういん》詮子の強い働きかけがあったからだといわれている。伊周は当然おもしろくない。不満をかかえた伊周と道長との対立は表面化した。

　翌九九六（長徳二）年正月、伊周・隆家《たかいえ》兄弟が故一条太政大臣《だじょうだいじん》為光《ためみつ》の家で、花山法皇と遭遇して乱闘におよぶという事件が起きた。また詮子の病気を呪詛《じゅそ》した疑いや、太元帥法《たいげんのほう》▲という密教《みっきょう》の修法《しゅほう》を行ったという罪状も明らかにされ、四月になって、伊周は大宰権帥《だざいのごんのそち》▲に、隆家は出雲権守《いずものごんのかみ》に左遷されることになった。いわゆる長徳の変である。定子は悲嘆のあまり、みずから髪を切って出家してしまう。

▼**慶申**　叙位任官された人がそのお礼を述べるために宮中などに参ること。

▼**太元帥法**　九世紀の入唐僧《にっとうそう》常暁《じょうぎょう》がもたらした真言《しんごん》密教の修法。毎年正月八日から十四日まで宮中《きゅうちゅう》で国家鎮護《こっかちんご》のために修され、また異国降伏《いこくこうぶく》・外敵調伏《がいてきちょうぶく》のために臨時に修された。臣下《しんか》がこれを修することは許されなかった。

▼**大宰権帥**　大宰府《だざいふ》の長官である大宰帥の員外官《いんがいのかん》。左遷の場合と、帥が親王の場合の実質的責任者として任じられる場合があった。伊周の場合はもちろん左遷である。

実はこのとき妊娠していたのだが、不幸は続くもので、六月に居所の二条北宮《にじょうきたみや》が焼亡し、続いて母高階貴子がなくなってしまう。悲痛のなか、十二月になって、定子は予定日を大幅にすぎて女子を出産した。一条天皇の第一皇女脩子《しゅうし》内親王▲である。

一条の定子に対する愛情は変わらなかった。一条からのたびたびの勧めがあり、また伊周・隆家が恩赦《おんしゃ》を受けたこともあって、翌年六月に定子は参内《さんだい》するが、内裏の殿舎ではなく、職曹司《しきのぞうし》にはいった(二二ページ図参照)。

職曹司は、内裏のすぐ東どなりにあり、一町分の広さを有し、摂関や大臣の直盧《じきろ》▲がおかれた場所である。出家していた定子が内裏に住むことは、当時の貴《き》族《ぞく》社会において大きな抵抗があり、その点、職曹司であれば内裏ではないという言い訳ができたということらしいが、藤原実資などは「天下甘心せず」となお批判的であった(『小右記《しょうゆうき》』▲長徳三〈九九七〉年六月二十二日条)。

『枕草子』には、定子が職曹司にいたころの記述がいくつもみられる。一条院内裏での出来事や、定子が出産のために居住した平生昌第(三条宮)での記述も多い。『枕草子』の日記的章段は、意外なことに道隆死後のものがむしろ多いの

▼**脩子内親王**　九九六〜一〇四九。一条天皇の第一皇女。母は中宮定子。

▼**直盧**　大臣らが内裏内にあたえられた宿所。摂政・関白の場合はこの直盧で政務をとることもあった。

▼**『小右記』**　藤原実資の日記。実資の通称「小野宮右大臣」から名づけられた。九七七〜一〇四〇(貞元《じょうげん》二〜長久《ちょうきゅう》元)年にかけて記録されたものと考えられ、九八二〜一〇三二(天元五〜長元《ちょうげん》五)年の部分が現存する。記事は詳細で情報量が多く、儀式次第なども詳しい。摂関期の政治動向を知るうえで必須の史料である。

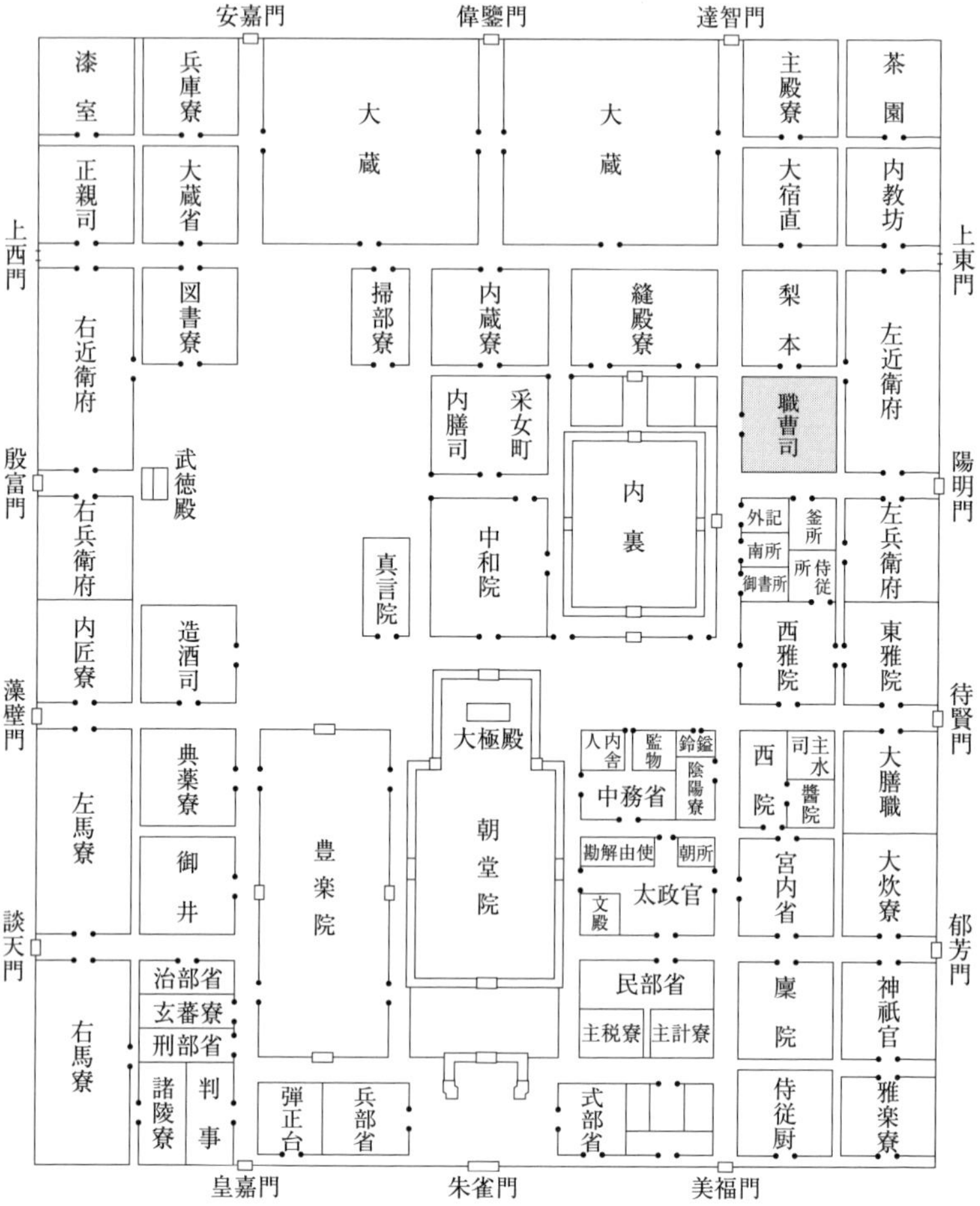

大内裏図(『平安京提要』をもとに作成)

平安京左京図（『小右記註釈』をもとに作成）

である。

「昨は禁家（内裏）、今は滅亡、古人云く、禍福《かふく》は糾《あざな》える纆《なわ》のごとし」（『小右記』長徳二年六月九日条）とは、定子の二条北宮が焼亡した際の藤原実資のコメントである。父の死、長徳の変による兄弟の失脚、みずからの出家、居所の焼亡。「滅亡」というのは、当時の貴族たちの率直な感慨であったであろう。そのうえ、母も失った。定子の宮は、世間の目からみれば、滅亡していたのである。

にもかかわらず、『枕草子』の記述には、悲壮感はうかがえない。もっとも清少納言は長徳の変のあとしばらくのあいだ、定子の宮方と不和になって里に引きこもっており（道長方だと思われていたらしい）、復帰したのは定子が脩子内親王をつれて職曹司にはいって以後のことだった。再会したときの中宮のようすを、「かはりたる御けしきもなし」（一三七段「殿などのおはしまさで後」）と断言する清少納言には、もとより定子の宮の悲劇など記すつもりはなかったのである。

一方で、清少納言は、第一皇子敦康親王の出産などの慶事についてもまったく記さない。『紫式部日記』が敦成親王の誕生を詳細に記録するのと対照的で、明らかに不自然である。また『枕草子』には道長や彰子の宮に対する批判めいたことも一切書かれていない。道長にはむしろ好意的であることもよく知られていよう。この点は、もっと注目すべきだと思う(後述)。

ところで、定子の没落を受け、公卿たちはつぎつぎに娘を入内させた。七月に大納言藤原公季の娘である義子《ぎし》(二三歳)が入内し、あいついで右大臣藤原顕光の娘元子《げんし》(一八歳?)が入内、九九八(長徳四)年二月には三年前になくなった藤原道兼の娘の尊子《そんし》(一五歳)が「御匣殿別当《みくしげどのべっとう》」▲として入内した。義子の母は有明《ありあきら》親王の娘(醍醐《だいご》天皇の孫)であり、元子の母は村上天皇皇女盛子《せいし》内親王であって、高階貴子を母とする定子より、はるかに血筋がよい。また尊子の母は一条の乳母《めのと》であった。義子は「弘徽殿女御《こきでんのにょうご》」、元子は「承香殿女御《じょうきょうでんのにょうご》」、尊子ものちに女御となって「くらべやの女御」と呼ばれた。なかで元子は懐妊したが、臨月をすぎても子どもは生まれず、水だけが流れたという。また義子は懐妊することはなかった。一条は定子の死後、その妹「御匣殿」を寵愛した時期もあったが、彼女もまた一条の子を妊娠したままなくなってしまう。そして結局、いずれの女御も定子ほどの寵愛を一条から受けることはなかった。なお元子は一条の死後に参議藤原頼定《よりさだ》と結婚し、尊子は参議藤原通任《みちとう》と結婚している。

▼**御匣殿別当**　御匣殿は、内裏貞観殿《じょうかんでん》にあって、天皇の装束の裁縫を行ったり、ととのえたりした場所で(一一二ページ下図参照)、御匣殿別当はその長官にあたる。上臈《じょうろう》女房が任じられ、摂関期には公卿の娘が女御などになる前に任じられて入内するようになった。

一条天皇の後宮――中宮彰子

道長の長女彰子は、九九九(長保元)年二月、裳着の儀式を行った。時に一二歳。すぐに従《じゅ》三位に叙され、入内の準備が着々と整えられて、十一月一日入内、七日に女御の宣旨がくだっている。実はこの彰子に女御の宣旨がくだったまさにその日に、定子は一条天皇の第一皇子である敦康親王を出産しているのだが、道長の『御堂関白記《みどうかんぱくき》』▲はそのことには一言もふれていない。『御堂関白記』や『小右記』には、一条天皇がその日はじめて彰子の直廬に渡御《とぎょ》したこと、道長が上機嫌で公卿らを歓待したことが記されている。

定子の出産に対しては、貴族たちの反応も冷淡で、天皇の第一皇子を中宮が産んだというのに、お祝いにいかないどころか(公卿らはみな彰子の女御のお祝いのほうに集まっている)、藤原実資など「世に横川皮仙《よかわのかわひじり》(出家者にあるまじき者)と云ふ」となじっている。

彰子が入内したとき、父藤原道長は左大臣正二位三四歳。九九五(長徳元)年に内覧となって以来、一上として政権トップの座に君臨することすでに五年、その地位はゆるぎないものとなっていた。ただ彰子はこのときまだ一二歳、今

▼**『御堂関白記』**　藤原道長の日記。九九八〜一〇二一(長徳四〜治安《じあん》元)年の道長全盛期の記録が、自筆原本を含めて残っている。二〇一一(平成二十三)年ユネスコの世界記憶遺産に登録された。

▼**中宮**　皇后の別称。

▼**太皇太后・皇太后・皇后**　本来は、皇后は天皇の妻后、皇太后は天皇の母后、太皇太后は天皇の祖母で后位にのぼった者をいう。

▼**蔵人頭**　蔵人所の長官。宣旨によって任じられる天皇の側近で、秘書官的存在。定員は二人で、一

人は弁官《べんかん》、一人は近衛次将が任じられる場合が多く、前者を頭弁《とうのべん》、後者を頭中将《とうのちゅうじょう》と呼ぶ。摂関期には、蔵人頭をへて参議に任じられる例が多い。

▼**藤原行成**　九七二〜一〇二七。藤原義孝の子。摂政伊尹の孫にあたるが、父義孝が若くして亡くなったため、昇進は遅かった。一条天皇の蔵人頭として能力を発揮し、道長の信任も厚く、正二位権大納言にいたる。藤原公任《きんとう》・藤原斉信《ただのぶ》・源俊賢《としかた》とともに寛弘の四納言と称された。三蹟《さんせき》の一人でもあり、能書家としての事績も多い。日記は『権記《ごんき》』と呼ばれる。④章参照。

▼**大原野祭**　大原野神社（京都市西京《にしぎょう》区に所在）の祭礼。大原野神社は藤原氏の氏神で、毎年二月と十一月に行われる祭礼には、天皇の勅使《ちょくし》のほかに藤原氏出身の中宮の使者も派遣され、奉幣《ほうべい》した。

の満年齢では一一歳になったかならないかの幼さで、妊娠・出産にはまだしばらく時間がかかる。そうしたなか、道長は彰子の立后を急いだ。

一条天皇には正式な后《きさき》として中宮定子がいた。実はかつて定子が中宮に立ったとき、円融上皇《じょうこう》の中宮であった藤原遵子を皇后にして、定子を中宮にしたという経緯があった。中宮▲は天皇の正式な后をさすから、本来は皇后＝中宮なのであるが（遵子はそうだった）、このとき中宮と皇后とが別の后位《こうい》となったのである。ただ在位中の天皇の正式な后は一人という意識は根強かった。

彰子が入内したときには、太皇太后《たいこうたいごう》▲に昌子《しょうし》内親王（冷泉皇后）、皇太后▲（実際には皇太后を辞し女院となっていたが）に東三条院詮子（円融女御）、皇后▲に藤原遵子（円融皇后）、中宮に藤原定子がいて、后の位は埋まっていた。しかしこの年十二月に太皇太后昌子内親王がなくなり、后のポストが一つあいた。

このとき、一帝二后に抵抗があった一条天皇を説得したのが、蔵人頭《くろうどのとう》▲藤原行成▲であった。行成は、藤原氏出身の后は氏の祭祀《さいし》、とくに大原野祭《おおはらのまつり》▲を行うべきなのに、東三条院詮子も皇后遵子も中宮定子も出家していて、そのつとめを果たしていない。彰子を立后して、氏の祭祀を主宰させるべきだと説いたのである。

一〇〇〇（長保二）年二月、彰子は立后した。彰子は中宮となり、定子は皇后になった。その年の十二月には定子はなくなり、彰子は一条天皇のただ一人の后となる。

彰子が一条の第二皇子敦成《あつひら》親王▲を出産するのは、入内から九年後の一〇〇八（寛弘五）年のことである。『紫式部日記』は、この敦成親王の出産を中心に記述したものである。彰子は翌年、第三子を出産する。第三皇子敦良《あつなが》親王▲である。『紫式部日記』は、敦良誕生五十日《いか》の祝いの場のようすを、

　帝、后、御帳《みちょう》のうちに二ところながらおはします。朝日の光りあひて、まばゆきまで恥づかしげなる御前《おまえ》なり

とたたえている。一条天皇と彰子が揃ってそれぞれの御帳台《みちょうだい》▲に座すさまのまぶしいばかりの耀きを描く。一条の唯一の后として名実備わった彰子の姿である。

彰子の宮の雰囲気については、以下の『紫式部日記』の記述が参考になる。

　されど、内裏《うち》わたりにて明け暮れ見ならし、きしろひたまふ（競い合う）女

▼**敦成親王**　一〇〇八〜一〇三六。一条天皇第二皇子。母は中宮彰子。一〇一六（長和五）年に三条天皇の譲位を受けて九歳で即位（後一条《ごいちじょう》天皇）。外祖父道長、ついで叔父の頼通《よりみち》が摂政となった。

▼**敦良親王**　一〇〇九〜一〇四五。一条天皇第三皇子。母は中宮彰子。一〇一七（寛仁元）年に敦明親王（三条天皇皇子、小一条院《こいちじょういん》）の皇太子辞退を受けて、皇太子となり、一〇三六（長元九）年兄の死により即位（後朱雀《ごすざく》天皇）。叔父の頼通が関白をつとめた。

▼**御帳台**　寝殿造りの室内におかれた座具。正方形の台の上に畳をしき、四方に柱を立てて帳を廻《めぐ》らした。

御、后おはせず、……をとこもをんなも、いどましき（張り合う）こともなきにうちとけ、宮（彰子）のやうとして色めかしき（派手なこと）をば、いとあはあはし（軽薄だ）とおぼしめいたれば、……

斎院《さいいん》（選子内親王《せんし》▲）の女房の手紙に憤慨した紫式部が、彰子の宮の雰囲気について述べたくだりである。紫式部はまた「中宮の人埋《む》もれたり（中宮の女房たちは引っ込み思案である）」、「用意なし（深い心遣いがない）」などと評されていることを記し、「ことにをかしきことなし（特別な興趣がない）」と殿上人らに思われたりいわれたりしていることを彰子が知っていたと記している。

彰子の宮が斎院に比べ地味であったこと、そのように世間からも評され、中宮自身もそうした批評を承知していたことがわかる。こうした彰子の宮の雰囲気について、紫式部の分析によると、彰子自身が控えめで奥ゆかしい性格であり、軽薄なことをきらっていたことや、後宮で競うものがいなかったこと、彰子の宮の上臈・中臈《ちゅうろう》▲の女房たちが良家のお姫様で世慣れていないこと（「姫君ながらのもてなし」）などがその理由としてあげられている。

『紫式部日記』のこの斎院女房の手紙を契機とした記述は、中宮彰子の宮に対

御帳台　手前は昼御座《ひのおまし》。

▼**選子内親王**　九六四〜一〇三五。九七五（天延《てんえん》三）年以来、五代の天皇五七年のあいだ賀茂《かも》斎院をつとめ、「大斎院」と呼ばれた。歌人としても優れ、斎院の女房たちは、定子や彰子の後宮と並び称される文化的サロンを形成していた。

▼**上臈・中臈**　女房には上臈・中臈・下臈《げろう》のランクがあり、上臈は身分の高い女房で、尚侍・典侍、三位の者、大臣・大納言の娘で禁色を許された者。中臈はそれにつぐ身分の者。

する不当な評価に、紫式部が強くいきどおりつつも冷静な分析を加えていて秀逸である。紫式部の見識、人間観察の鋭い目、洞察力がうかがえる。そして直接の批判の対象は、斎院方なのだが、その奥にはおそらく定子の宮に対する強烈なライバル心がある。殿上人らの彰子の宮に対する評価は、斎院方と比べているだけではなく、かつての中宮定子の宮と比較してのものだと認識していることが、行間のそこここから痛烈に浮かび上がってくる。

彰子の資質をよく示すエピソードに、「一種物」にまつわる話がある。一条死後のこと、道長が一種物を行おうと企画したが、彰子の強い意向で中止されたことがあった。その理由は、当時三条天皇の中宮であった妹妍子《けんし》が派手好きで、貴族らの儲けによる宴会を頻繁に開いており、彰子は貴族らの負担を配慮して中止したのだという。藤原実資は養子資平《すけひら》から事情を聞いて、「賢后と申すべし」と絶賛している(『小右記』長和《ちょうわ》二〈一〇一三〉年二月二十五日条)。服藤早苗氏はこうした彰子の姿に、国母としての政治的配慮をみている。彰子は控えめであったが、みずからの意志で貴族社会の調整に関与していたのである。

②—女房たちの世界

女房名について

清少納言と紫式部。誰もが知るこの名が、彼女たちの実名ではないことは、周知のところであろう。もっとも当時は男女を問わず、実名を呼ぶことは避けられていたし、「清原《きよはらの》□子」「藤原《ふじわらの》□子」などの名が日常会話のなかで呼ばれることはなかった。

男性の場合は童名《わらわな》(幼名)をもち、成人(元服《げんぷく》)すると大人の名がつけられた。たとえば、道長《みちなが》の長男は幼名を「たづ(田鶴)」といい、元服して「頼通《よりみち》」を名乗った。女性にも童名はあったが(紫式部に仕える童女《わらわめ》「あてき」など)、一般には「大《おお》姫《ひめ》」とか「中《なか》の君」あるいは「三の君」「四の君」「乙《おと》(弟)姫」などのように、出生の順に呼ばれた。

女性で、「□子」のように佳字+子という名は、宮廷に出仕する際、あるいは叙位《じょい》されるときに、書類に記す必要があって選ばれ、名づけられたものである。系図に載るのは男性だけで、必要がある場合には「女子」と記されるが、その実名が記されるのは三位《さんみ》以上にのぼった場合などごくまれである。そして三位以上にのぼる女性は、天皇の后《きさき》や女御《にょうご》、乳母《めのと》、摂政《せっしょう》・関白《かんぱく》の妻などに限られた。

清少納言も紫式部も宮仕えを始めたときに、「名簿《みょうぶ》」を提出し、そこにはおそらく彼女らの実名が、清少納言は「清原真人《まひと》□子」、紫式部は「藤原朝臣《あそん》□子」と記されていたはずである。清少納言については「諾子《なぎこ》」、紫式部については「香《かおる》子《こ》」という説があるが、どちらも推測の域をでず、不明というほかない。

女房のなかで、「三位」や「典侍《ないしのすけ》▲」「内侍《ないし》」と呼ばれるのは、それぞれ本人が三位の位階《いかい》をもっている者、典侍・内侍の職に任じられている者をさす。三位に叙されたり、典侍に任じられるのは、摂関《せっかん》期には多くの場合天皇の乳母である。また内侍は摂関期には掌侍《ないしのじょう》(内侍司の判官《じょう》)のことをさす。

それ以外の摂関期の女房《にょうぼう》名は、父や夫の官職にちなんだものがつけられるとされている。しかしそれだけでは説明がつかない場合も多い。清少納言の「少納言」についても、彼女の周辺に少納言の存在は確認できない。単に史料が残っていないだけという可能性はあるが、実在の少納言を清少納言の夫に想定するのは無理がある。

▼**典侍**　内侍司の次官。定員は四人。「すけ」「てんじ」ともいう。

十四世紀の二条良基《にじょうよしもと》▲『女房官《かん》しなの事』(『女房官品』)には、女房の名づけが、上臈《じょうろう》、中臈《ちゅう》、下臈《げ》のランクごとにほぼ定まっていたことが記される。そこでは、「大納言局《だいなごんのつぼね》」とか「左衛門督《さえもんのかみ》」は上臈の名で、「按察使《あぜち》」はやや劣るとか、「小宰相《こさいしょう》」は上臈に近い中臈であるとか、「中将《ちゅうじょう》」や「左京大夫《さきょうのたいふ》」は中臈、「侍従《じじゅう》」「少納言」は中臈に近い下臈であるとされる。また「一条《いちじょう》」とか「京極《きょうごく》」など小路《こうじ》の名でも上・中・下のランクがあり、国名の場合は下臈であるがそのなかでも「播磨《はりま》」や「伊勢《いせ》」は上位で、「尾張《おわり》」や「加賀《かが》」は中程度といった区別があったらしい。

もちろんこの基準は、清少納言や紫式部の時代から三〇〇年を経過し、慣例が積み重なって、女房名の格が定まって以降のものであるのだろうが、おそらくそんなに大きな隔たりはなかったのではないか。

つまり、男性でいうと、大納言や左衛門督などは三位以上の公卿《くぎょう》が任じられるわけで、これにあたる女房名は上臈、中将や左右京大夫は四位《しい》クラスでこれが中臈、少納言や侍従は五位《ごい》で中臈に近い下臈というランクづけであったのだと考えてよいであろう。摂関期は「家格《かかく》」が成立しはじめる時代である。女房名

▼**二条良基**　一三二〇～一三八八。南北朝《なんぼくちょう》期の公卿、歌人《かじん》、連歌《れんが》作者。北朝の天皇の摂政・関白をつとめたが、室町幕府《むろまちばくふ》三代将軍足利義満《あしかがよしみつ》の信任もえていた。『万葉集《まんようしゅう》』『源氏《げんじ》物語』の研究でも知られる。

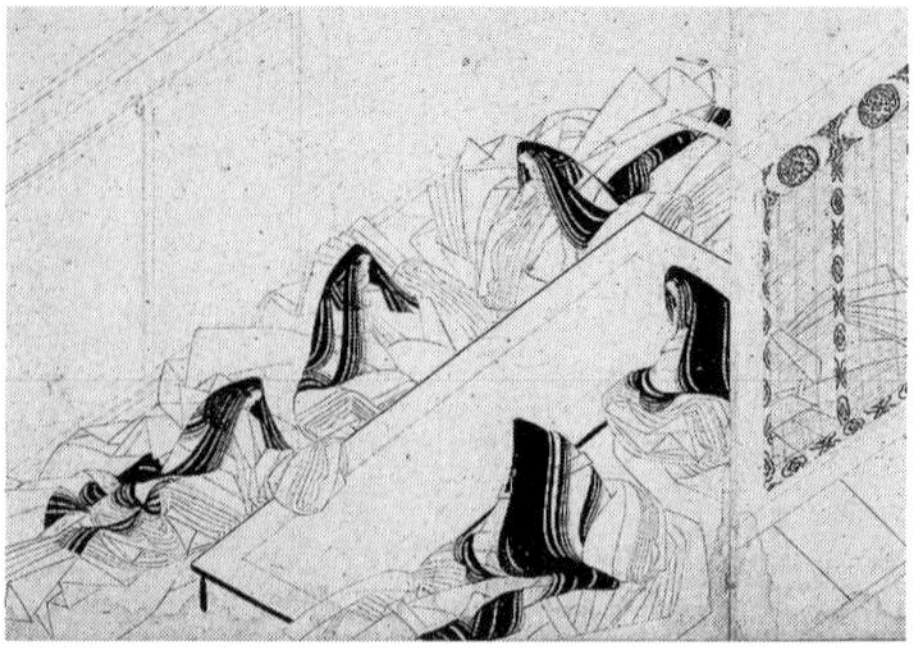

台盤所に伺候する女房たち(『隆房《たかふさ》卿艶詞《きょうつやことば》絵巻』) 鎌倉中期の白描作品であるが、清涼殿の台盤所で、大きな台盤を挟んでならぶ女房たちのようすが描かれている。

も、彼女らの家格に応じた名が選ばれたということではないかと思う。

『紫式部日記』にあらわれる彰子《しょうし》の宮の女房についてみてみると、「大納言の君」は故参議《さんぎ》源《みなもと》扶義《すけよし》の娘、「宰相の君」は大納言藤原道綱《みちつな》の娘と参議藤原遠度《とおのり》の娘の二人が知られ、「小少将《こしょうしょう》の君」は権左少弁《ごんのさしょうべん》源時通《ときみち》の娘である。大納言や宰相と呼ばれる女房は、公卿クラスの家の出身で上臈の女房、小少将はそれより少し下のクラスの中臈ということであろう。小少将の君の父である源時通は、官は権左少弁であるが、それは早くになくなったからで、家柄としては左《さ》大臣源雅信《まさのぶ》の息子であり、道長の正妻倫子《りんし》の同腹兄弟にあたる。上臈に近い中臈扱いであったのであろう。

この基準に従うと、少納言は中臈に近い下臈、式部《しきぶ》については記述がないがおそらく左京大夫等と同クラスで中臈ということになろう。

天皇や中宮《ちゅうぐう》の女房の場合は、実際の家格にほぼ応じたランクの女房名がつけられることになる。公卿クラスの家格出身の娘は「大納言」「宰相」などがつけられ、受領《ずりょう》クラスの家格出身の娘は「少納言」や国名ということになり、実際の父や夫の官職に近いものがつけられることになる。

貴族《きぞく》の家の女房の場合は、実際の家格とは対応しないが、その家の女房としてのランクづけに官職名が使われたということなのであろう。官職に意味があるのではなく、そのランクに意味があるのである。

内の女房・宮の女房

女房四十人、童女六人、下仕《しもづかえ》六人なり。いみじう選《え》りとのへさせたまへるに、かたち、心をばさらにもいはず、四位・五位の女《むすめ》といへど、ことに交らひわろく、成出《なりいで》きよげならぬをば、あへて仕うまつらせたまふべきにもあらず。ものきよらかに成出よきをと選らせたまへり。

(『栄花物語《えいがものがたり》』巻六「かがやく藤壺《ふじつぼ》」)

彰子入内《じゅだい》の際に選ばれた女房についての記述である。女房は四〇人、容貌・性格・家柄だけでなく、人付合いもよく、気品のある者を厳しく選抜したとある。家柄は四位・五位の家が中心であったらしい。童女は六人、これは「女童《めのわらわ》」ともいい、簡単な雑用をこなす少女で、下仕六人はもっと下の下働きの女性をさす。もっともこの『栄花物語』▲の記述は、誇張であるらしく、実際には入内の際の女

▼『**栄花物語**』　平安時代につくられた歴史物語。四〇巻で、正編三〇巻と続編一〇巻からなる。正編の作者は赤染衛門と考えられており、藤原道長の栄華を中心に描く。

房は二〇人であったとされる。

　さて、ここまで自明のものとして「女房」という言葉を使ってきたが、そもそも女房とはなにか。近年の研究が明らかにしてきたところにそって、確認しておこう。女房という言葉は、「男房《なんぼう》」とならんで、十世紀半ばには広く用いられるようになる。男房は蔵人《くろうど》・殿上人《てんじょうびと》をさす用語である。

　もともと日本の後宮《こうきゅう》には、いわゆる後宮十二司《じゅうにし》があって、そこに属する女《にょ》官《かん》たちがさまざまな職務を行っていた。なかでも内侍司は天皇の言葉の取次ぎ(奏請《そうしょう》・宣伝《せんでん》▲)という重要な役割を担っていたのだが、八一〇(弘仁元《こうにん》)年のいわゆる薬子《くすこ》の変《へん》▲(平城太上《へいぜいだいじょう》天皇の変)の際、あらたに蔵人頭《くろうどのとう》がおかれ、さらにのちに昇殿《しょうでん》▲制が成立して男性が内裏《だいり》の天皇側近に祗候《しこう》するようになると、その役目は男性の蔵人頭らにしだいに取ってかわられることになる。ちなみに中国には去勢された男性官人である宦官《かんがん》がいて、内侍省《ないじしょう》に属し、後宮に出入りして皇帝の取次ぎをつとめていたが、日本ではその役目は長く女官が担っていたのである。

　蔵人所そのものの成立は、蔵人頭設置以前の八世紀にさかのぼるとされ、ま

▼奏請・宣伝　天皇に奏上《そうじょう》して勅《ちょく》を請うこと、およびその勅を宣し伝えること。

▼薬子の変　八一〇(弘仁元)年に起きた政変。譲位した平城太上天皇が重祚《ちょうそ》をはかり、弟の嵯峨《さが》天皇に阻止された。その際、尚侍の藤原薬子が平城太上天皇につき、「二所朝廷」と呼ばれる状況が発生したことが、嵯峨天皇による蔵人頭設置につながった。

▼昇殿制　昇殿とは、内裏清涼殿の南廂の殿上の間に伺候することをいう。公卿は原則昇殿できるが、四位・五位は天皇の側近が宣旨を受けて昇殿した。昇殿を許された者を殿上人といい、許されない者を地下《じげ》と呼んで区別した。なお六位《ろくい》蔵人は職務柄昇殿が許される。昇殿制は九世紀末の宇多《うだ》朝に成立したとされ、殿上人は天皇の代替わりごとに選ばれた。

た内侍による奏宣《そうせん》(奏請・宣伝)の機能は十世紀初めまでは維持されていたが、蔵人頭や蔵人、殿上人らの天皇の側近としての重要度が増すなか、後宮十二司の職務は縮小し、解体・再編に向かうことになる。その過程で、女官のあり方も変化し、女房があらわれてくるのである。

内侍司の長官にあたるのは尚侍《ないしのかみ》であったが、十世紀後半には尚侍の地位は、天皇や東宮《とうぐう》の妻の称号として別格となる。次官にあたる典侍は、さきにもふれたように、もっぱら天皇の乳母にあたえられるようになるから、実質的には判官にあたる掌侍が内侍司のトップということになり、摂関期には「内侍」といえば掌侍のことをさした。

摂関期の女房は、典侍・掌侍以下の女官や命婦《みょうぶ》▲などを含め、天皇、また院宮《いんぐう》王臣家《おうしんけ》▲に仕える女性たちをさす。「房」とは部屋(局《つぼね》)のことで、女房とはつまり主《あるじ》から部屋をあたえられて奉仕した女性のことをいう。

天皇の女房は、「内の女房」とか「上《うえ》の女房」と呼ばれ、おおよそ、

三位・典侍(乳母)—掌侍(内侍)—命婦—女蔵人—女史《じょし》・得選《とくせん》・上刀自《うえのとじ》

という序列であった。

▼**命婦**　律令制下、五位以上の女性および五位以上男性官人の妻を称した。前者を内《ない》命婦、後者を外《げ》命婦という。摂関期には、中﨟の女房を命婦と称した。

▼**院宮王臣家**　太上天皇(院)、中宮・東宮(宮)や親王《しんのう》・諸王および五位以上貴族の家政機関をさす。地方の新興勢力と結びついて財力・政治力を増し、九・十世紀には政府の禁圧の対象となった。

一条《いちじょう》天皇の女房の構成については、蔵人頭をつとめた藤原行成《ゆきなり》の『権記《ごんき》』▲長《ちょう》保《ほ》元(九九九)年七月二十一日条が参考になる。内裏火災で被害にあった内の女房たちに支給する絹の分配記事で、女房の名と序列がわかる興味深い記事である。

三位に六疋《ひき》▲
民部《みんぶ》・大輔《おおいすけ》・衛門《えもん》・宮内《くない》に各五疋　以上、御乳母四人
進《しん》・兵衛《ひょうえ》・右近《うこん》・源掌侍《しょうじ》・靫負《ゆげい》掌侍・前掌侍・少将掌侍・馬《うま》・左京・侍《じ》従《じゅう》・右京・駿河《するが》・武蔵《むさし》・左衛門《さえもん》・左近《さこん》・少納言・少輔《しょう》・内膳《ないぜん》・今《いま》の十九人に各四疋
中務《なかつかさ》・右近に各三疋
女史命婦に二疋、得選二人に各二疋
上刀自一人に一疋

この記事については、増田繁夫氏に詳細な検討がある。「三位」は円融院《えんゆういん》の乳母藤原繁子《はんし》、「民部」から「宮内」の四人は一条天皇の乳母で、うち三人は典侍であった。「進」以下の一九人のうち、「少納言」は『枕草子《まくらのそうし》』に登場する、天皇の文

▼**『権記』**　藤原行成の日記。九九一〜一〇一一(正暦二〜寛弘八)年のあいだのものが現存する。詳しくは④章を参照。

▼**疋**　絹織物の長さの単位。時代により若干変遷があるが、律令制では、五丈《じょう》一尺《しゃく》または五丈二尺で一疋とした。

を届けた「少納言の命婦」であろう（一三一段「五月ばかり、月もなういと暗きに」）。また一九人のうちの「右近」は、やはり『枕草子』にみえる「右近内侍」である（八三段「職の御曹司《みぞうし》におはしますころ、西の廂《ひさし》に」など）。「今」までの一九人は、掌侍（内侍）と命婦クラスの女房ということになる。「中務」「右近」はこれに準じ（「右近」はさきの「右近内侍」とは別人）、女蔵人クラスと考えられる。「女史命婦」「得選」「上刀自」はさらにその下である。

「上刀自」まで含めて全部で三〇人である。少し時代がくだるが、藤原頼長《よりなが》の日記『台記《たいき》』▲の別記の久安《きゅうあん》六（一一五〇）年正月十九日条には、内の女房たちへの禄の支給記事があり、それによると、乳母二人、典侍四人、掌侍六人、命婦一二人、（女）蔵人六人、得選三人で、この下に女史や刀自を含む女官たちがいた。女蔵人までちょうど三〇人であるから、この乳母・典侍が四〜六人、掌侍が六人（本来の定員は四人だが権掌侍を含めて六人）、命婦一二人、女蔵人六人というのが、内の女房のほぼ定まった数であったとみてよい。『枕草子』の「女は内侍のすけ（典侍）。内侍（掌侍）」という著名な段（一六九段「女は」）は、まさにこうした内の女房たちのことをさしている。

▼**『台記』**　藤原頼長の日記。頼長が左大臣であったため、大臣の唐名「三台《さんたい》」から名づけられた。一一三六〜一一五五（保延《ほうえん》二〜久寿《きゅうじゅ》二）年までの記録が残る。とくに養女多子の入内にあたっては詳細な部類記を作成した。

つぎに、后宮《きさいのみや》の女房は「宮《みや》の女房」と呼ばれる。清少納言や紫式部は宮の女房である。主である后宮や女御の御所《ごしょ》に出仕し、后宮や女御が天皇の居所である清涼殿《せいりょうでん》に出向いた場合はそれに付き添った。清涼殿には、天皇の寝室である「夜御殿《よるのおとど》」の北側に「上《うえ》の御局《みつぼね》」という后宮や女御が休息する部屋が設けられていた。女御は厳密には后宮ではないのだが、それに準じるものとしてとらえることが許されよう。ただし、女御か正式な后であるか(立后《りっこう》したか)は区別するべきという吉川真司氏の指摘もある。

『枕草子』には、宮仕えを始めたばかりの清少納言が、「夜々まゐりて」「暁《あかつき》には、とくおりなむといそがるる」とある(一七七段「宮にはじめてまゐりたるころ」)。昼間は恥ずかしいので、夜になって自身の局から定子のもとに出仕し、明け方には急ぎ局にさがろうとするというのである。定子は登花殿《とうかでん》を居所にしており、登花殿の西廂の「細殿《ほそどの》」は、自分の局から定子のもとにのぼった女房たちがひかえる部屋になっていた。

『紫式部日記』には、「二人の局をひとつにあはせて」とみえ、紫式部は同僚女房の小少将の君と二人の部屋を一つにあわせて使用していたことが知られる。

一方が里にさがっているあいだは一人で使用し、二人同時に出仕していた際には、几帳《きちょう》で隔てて暮らしていたという。

さきにみたように、入内する彰子には二〇人の選りすぐりの女房がつけられていた。彰子以後の妍子《けんし》や威子《いし》の入内の際も同様であったから、後宮には、内の女房三〇人余りと、宮の女房が二〇人、これに女御らの女房も加わり、加えてこの女房たちにはそれぞれに侍女や童女がついていた。宮の女房の構成は史料が少なく、不明なことが多い。九八二(天元《てんげん》五)年藤原遵子《じゅんし》立后に際しての記録(『小右記《しょうゆうき》』)などによると、摂関期においては、おおよそ以下のようであったと考えられる。

御匣殿別当《みくしげどののべっとう》・宣旨《せんじ》・内侍—女房—女蔵人—女官

御匣殿別当・宣旨・内侍を「女房三役」という。十世紀半ばの村上《むらかみ》朝ごろからおかれるようになったらしい。中宮の御匣殿別当は、中宮女房の管理者的位置づけであった。宣旨は中宮のことばの取次ぎ役である。内侍は「宮(中宮)の内侍」とも呼ばれ、内侍司に所属する天皇の掌侍(内侍)でありながら、中宮に出向したものである。女房・女蔵人は区別されることもあったが、女蔵人まで含めて

▼**藤原妍子**　九九四〜一〇二七。藤原道長と源倫子とのあいだに生まれた次女。三条《さんじょう》天皇の中宮。

▼**藤原威子**　九九九〜一〇三六。藤原道長と源倫子のあいだに生まれた三女。長姉である彰子が産んだ後一条天皇の中宮。一〇一八(寛仁二)年の威子の立后により、道長の娘三人が后となった。

女房と称された。

女房たちは、台盤所《だいばんどころ》▲におかれた「日給簡《にっきゅうのふだ》」、つまり出勤ボードに名前が記され、「上日」といって、出勤した日(夜)がきちんと記録されて、毎月報告されていた。

藤原頼長の日記『台記』別記には、頼長の養女多子《たし》▲が近衛《このえ》天皇に入内した際の女房日給簡の記載内容が記されている。また天皇・中宮の女房ではないが、東宮の女房の簡の書式が、『為房卿記《ためふさきょうき》』にみえる(『為房卿記』康和《こうわ》五〈一一〇三〉年八月七日条)。後者によれば、東宮にも天皇の掌侍(内侍)が兼任で派遣されており、「公卿の子孫」の女房は上段に、「蔵人女房」「諸大夫の子息」は下段に分けて記されていて、厳密な序列があった。

『紫式部日記』からは、さまざまな場面での女房の序列が知られる。とくに中宮彰子が敦成《あつひら》親王とともに土御門第《つちみかどてい》から内裏に還御《かんぎょ》する際の女房たちの乗車順は、紫式部の女房内での位置づけを示すものとして著名である。車は、

輿《こし》─糸毛車《いとげのくるま》▲─黄金作車《こがねづくりのくるま》▲─檳榔毛車《びろうげのくるま》▲

といった車列を組む。輿・糸毛車・黄金作車は各一両、檳榔毛車は女房の数に

女房簡　台盤所におかれた女房のための日給簡。女房の位・姓名が記され、その下に貼られた紙に出欠が記入されて、出勤が管理された。写真は近世のもの。

▼**台盤所**　天皇の朝夕の食事の配膳をする場所で、内裏清涼殿の西廂におかれた。「台盤」は食卓のこと。内の女房の詰所とされた。三四ページ写真参照。

▼**藤原多子**　一一四〇～一二〇一。徳大寺《とくだいじ》右大臣藤原公能《きんよし》の娘。頼長は公能の姉を正妻としていた。頼長の養女として入内して近衛天皇の皇后となり、近衛死後に皇太后《こうたいごう》・太皇太后《たいこうたいごう》となるが、二条《にじょう》天皇の後宮にはいり、「二代の后」と称された。

▼**糸毛車・黄金作車・檳榔毛車**
糸毛車は屋形を絹の色糸で覆って装飾した牛車で、東宮や高位の女性が常用した。黄金作車は、金具が金でつくられた牛車。檳榔毛車は、檳榔の葉を割いて屋形を覆った牛車。女房や僧侶が乗車した。
糸毛車（『故実叢書』より）

応じた車両がだされる。

『紫式部日記』によれば、このとき中宮の輿には「宣旨」が同乗し、糸毛車には中宮の母源倫子と敦成親王と乳母、黄金作車に「大納言・宰相の君」、それに続く車には女房が二人ずつ乗ったが、紫式部はその二両目に乗車していた。この乗車順は序列に従っていたから、紫式部は中宮女房のなかで、六〜七番目の位置にいたことになる。なお『枕草子』によれば、中宮定子の積善寺《しゃくぜんじ》供養の行啓《ぎょうけい》の際、清少納言は四人ずつ乗車している。二人ずつ乗車した紫式部よりも下の序列であったということであろう（二六〇段「関白殿、二月二十一日に、法興院の」）。

女房たちの職務と経済基盤

さて、では内の女房や宮の女房の具体的な職務はどのようなものだったのだろうか。かつての後宮十二司は、奏請・宣伝をつかさどる内侍司をはじめとして、蔵《くら》司・書《ふみ》司・薬《くすり》司・兵《つわもの》司・闈《みかど》司・殿《とのもり》司・掃《かにもり》司・水《もいとり》司・膳《かしわで》司・酒《さけ》司・縫《ぬい》司の各司で構成されていたが、このうち摂関期にまで名称が残っていたのは、内侍司を除くと、書司・薬司・闈司・殿（主殿）司・掃部司・水司と、膳司にあたる御厨子所《みずしところ》▲や御膳宿《おものやどり》▲、縫司にあたる縫殿《ぬいどの》で、これらに所属するのは、女房ではなく、それより下位の刀自《とじ》・采女《うねめ》・女孺《にょじゅ》▲や女官《にょうかん》たちであった。この「女官」は宮中に奉仕する女性の総称としての女官ではなく、雑役に奉仕する下位の女性で、「にょうかん」と呼ばれた。

内の女房も宮の女房も、それぞれ天皇や后宮の日常生活、具体的には入浴、整髪、着衣、陪膳などにかかわる。『枕草子《まくらのそうし》』には、中宮定子《ていし》が「御けづり髪《ぐし》」「御手水《ちょうず》」など整髪・洗面の際に清少納言に鏡をもたせていたことがみえる(七段「上に候ふ御猫は」)。内の女房の場合は、男性の蔵人と職務の分担があった。

こうした日常生活への奉仕のほかに、主の話し相手になったり、時には教育係になったりするのが女房の大切な役目であった。むしろこの役目こそが、摂関期の女房のもっとも重要な職務であったといえる。だからこそ内の女房や宮の女房は厳しい選別がなされたのである。

また天皇・后宮に近侍するものとして、必然的に男性官人がさまざまな取次ぎや口入《くちいれ》を、女房を介して頼む場合があった。これは取次ぎという面では一種の職務であったともいえる。

▼御厨子所　天皇の朝夕の食事を調理した場所で、内裏後涼殿《こうりょうでん》の西廂にあった。ここで調理された食事が、御膳宿で配膳され、清涼殿の台盤所に運ばれた。

▼御膳宿　天皇の朝夕の食事の配膳が行われた場所で、食器や膳がおさめられていた。内裏後涼殿の南廂にあり、天皇の食事はここで配膳して、清涼殿の台盤所に運ばれた。なお紫宸殿の西廂にも御膳宿(塗籠《ぬりごめ》)があったが、紫宸殿のそれは儀式のための配膳が行われた場所である。

▼女孺　律令制下の最下級の女官。後宮の各司で掃除などの下働きをつとめた。

除目《じもく》▲のころなど内わたりいとをかし。……老いて頭《かしら》白きなどが、人に案内言ひ、女房の局などに寄りて、おのが身のかしこきよしなど、心一つをやりて説《と》き聞かするを、若き人々はまねをし笑へど、いかでか知らむ。「よきに奏したまへ、啓《けい》したまへ」など言ひても、得たるはいとよし。得ずなりぬるこそいとあはれなれ。

（『枕草子』三段「正月一日は」）

除目のころに、女房の局に立ちよって、自分を売り込む年配の人のさまである。「奏したまへ、啓したまへ」というのは、天皇に奏し、皇后・中宮に啓してほしいということであるから、内の女房、宮の女房に任官の推薦、後押しを求めていることになる（③章を参照）。

藤原実資《さねすけ》は紫式部を取次ぎの女房にしていたことが知られ（『小右記』長和《ちょうわ》二〈一〇一三〉年五月二十五日条）、藤原行成は清少納言を取次ぎにしていた。「物など啓せさせむとても、そのはじめ言ひそめてし人をたづね、下なるをも呼びのぼせ、常に来て言ひ」（『枕草子』四七段「職の御曹司の西面《さいめん》の立蔀のもとにて」）とあるように、行成は、最初に取次ぎを頼んだ女房であった清少納言を必ず指名し、他の人に取次ぎを頼もうとはしなかったという。

▼**除目**　任官儀式をいう。正月に行われる春除目は、県召《あがためし》除目・外官《げかん》除目とも呼ばれ、地方の国司（外官）の任官が中心であった。秋除目は、司召《つかさめし》除目・京官除目ともいい、諸司（京官）の任官を中心に行われた。除目は、原則として一《いちの》上《かみ》（筆頭大臣）が執筆（執行責任者）をつとめ、公卿らが合議して評定するというもっとも重要な公事であった。春秋の除目のほかに臨時の除目（小除目）や女官除目もあった。

つぎに女房たちの給与について確認しておこう。律令《りつりょう》国家の女官たちは、封戸《ふこ》（位封《いふう》）・位禄《いろく》・季禄《きろく》▲などが、男性官人の半額ではあるが、支給されることになっていた。摂関期にこれらが実質的にどれほど機能していたかはよくわからないのだが、内の女房の場合、三位の女房であれば封戸と季禄が、四位・五位の女房は位禄と季禄が、六位以下でも掌侍であれば季禄が支給されたはずである。『延喜式』中務省式には「宮人時服」を四月と十月に四四六人に支給することがみえるから、位禄や季禄がない場合も、年二回、絁《あしぎぬ》や綿・布が支給されたと思われる。

近年の研究によると、封戸は十一世紀にはなお一定程度機能していたと考えられている。九世紀以降の調庸《ちょうよう》制の衰退は、位禄や季禄の支給に影響をあたえたが、財源を年料別納租穀《ねんりょうべつのうそこく》▲へとかえつつ維持されたらしい。ということは、摂関期の内の女房たちには、公的な給与が一応は維持されていたといえる。

加えて、天皇からの下賜品があったし、皇后からの「饗禄」の支給もあった。また「等第給《とうだいきゅう》」という給与もあった。『権記』長保元（九九九）年十一月九日条には、一条天皇の仰せにより、「大宰《だざい》進《たてまつ》る所の絹の内、百疋を以て女房の去年十二月

▼封戸・位禄・季禄　禄令《ろくりょう》によれば、三位以上には位封（封戸）が、四位・五位には位禄が支給され、それぞれ女性は男性の半額であった。季禄は女官の場合、その職掌に応じて春と秋の二季に支給された。封戸は、封主《ふうしゅ》に一定数の戸をあたえ、その戸の租《そ》調庸を封主が収取し、位禄・季禄は調庸を財源としていた。

▼年料別納租穀　租穀のうちの一定量を別においておき、位禄や季禄の不足分にあてた制度。十世紀初めに制度化されたと考えられ、国ごとに負担額が割りあてられていた。

以後、今年六月以前の等第に給ふ」とみえている。等第給は、規定の日数勤務した場合に支給される。

宮の女房の場合は、内の女房とは立場が異なるが、五位以上であれば、位禄は支給されたはずである。后宮自身の収入もあり、また后宮の実家が全面的にバックアップしたであろうから、そうしたところから給与をえていたものと思われる。さまざまな行事の場面での下賜品もあったであろう。別に、女房によっては、「得意」の人――スポンサーというかパトロン的な人――の存在も指摘されている。

有能な女房は、一人の主に仕えるだけでなく、主がなくなると別の主に仕える場合もあり、母の女房が娘に譲られるような場合もあった。たとえば、赤染《あかぞめ》衛門《えもん》は、もともとは藤原道長の正妻源倫子の女房であったが、その後、倫子の娘である彰子の女房もつとめている。こうした主家との強いつながりは、彼女たちの経済基盤を支えていたといえるであろう。

そして、女房たちは、多くの場合、自身が受領の娘であり、一部は公卿の娘であって、実家の父や兄弟が健在なうちは、おそらく生活に困窮するということはなかった。また当時は女子にも家や財産の分与があったので、父がなくなったからといって、即没落というわけでもなかった。そして受領の妻になれば夫の、さらに子を産み、その子が男子で成人すればその世話になることができた。女子しか産まなかった場合も、紫式部の娘賢子《けんし》が後冷泉《ごれいぜい》天皇の乳母となり、「大弐三位」という最高位の女房になったように、女房の娘がまた女房になる場合は珍しくはなかった。和泉式部《いずみしきぶ》の娘も小式部《こしきぶ》内侍として母とともに出仕しているし、清少納言の娘小馬《こま》命婦も上東門院《じょうとうもんいん》（彰子）の女房であった。▼

宮仕えを退いた女房たちの晩年については、よくわからない。清少納言の晩年については、零落の逸話▲があるが、それらはそのまま信じられない。兄の清原致信《むねのぶ》が源頼光《よりみつ》に殺された際に清少納言が同居していたという『古事談《こじだん》』▲の説話は、あるいは真実かもしれない。尼姿であったということも信憑性がある。しかし、そこに記された出来事は悪意のある零落伝承で、うのみにはできない。

清少納言の父元輔《もとすけ》は、清少納言が宮仕えにでる前になくなっているが、宮仕えを退いたのちにも兄弟は健在であり、なにより息子の橘則長《のりなが》がいた。娘の小馬命婦は上東門院彰子の女房をつとめていた。息子、娘がともに地位をえてい

▼**零落の逸話**　同時代の紫式部が「そのあだになりぬる人のはて、いかでかよくはべらむ」と零落の未来を指摘していることはよく知られていよう（『紫式部日記』）。逸話としては、鎌倉《かまくら》時代初期の『無《む》名草子《みょうぞうし》』や『古事談』にみえるものが古い。

▼**『古事談』**　十三世紀初め成立の説話集。源顕兼《あきかね》編。六巻。称徳《しょうとく》女帝《じょてい》のスキャンダルなど貴族社会の裏話を多く載せるが、記録（日記）や故実書《こじつしょ》などを典拠としており、比較的信憑性が高いとされる。

たことは、清少納言の晩年が安定したものであったことをうかがわせるに十分である。

夫棟世《むねよ》の月《つき》の輪《わ》山荘に住んだ時期があって、藤原公任《きんとう》▲から歌を贈られたこともあり(『公任集』)、あるいは父元輔から邸宅を譲られていたらしく(兄弟の致信と同居していたか)、隣人の赤染衛門との歌の交流もあった(『赤染衛門集』)。和泉式部との交流も知られる(『和泉式部集』)。

定子の宮の女房としてのはなやかな生活から比すれば、地味でおとなしい生活であったろうが、それはこの時代の大多数の女性の普通の生活であり、零落というにはあたらないのではないかと思う。

▼**藤原公任**　九六六～一〇四一。藤原頼忠《よりただ》の子。母は醍醐《だいご》天皇皇子代明《よしあきら》親王の娘厳子《げんし》女王。道長の子教通の正妻となった娘がいる。一条天皇の蔵人頭をつとめ、正二位権大納言にいたる。藤原斉信《ただのぶ》・藤原行成・源俊賢《としかた》とともに寛弘《かんこう》の四納言と称された。漢詩・和歌・管絃すべてに秀でた才人で、中古三十六歌仙の一人。清少納言や紫式部とも交流があった。『公任集』があり、勅撰集《ちょくせんしゅう》への入集も多く、『和漢朗詠集《わかんろうえいしゅう》』を撰述した。儀式書『北山抄《ほくざんしょう》』は娘婿の教通のために記したとされる。

③―受領の娘、受領の妻

受領とは

すさまじきもの　昼ほゆる犬。春の網代《あじろ》。……除目《じもく》に司《つかさ》得ぬ人の家。今年はかならずと聞きて、はやうありし者どもの、……みなあつまり来て、……つとめてになりて、ひまなくをりつる者ども、一人二人すべり出でていぬ。ふるき者どもの、さもえ行き離るまじきは、来年の国々手を折りてうちかぞへなどして、ゆるぎありきたるも、いとをかし。すさまじげなり。

（『枕草子《まくらのそうし》』二三段「すさまじきもの」）

除目で国司《こくし》（受領《ずりょう》）に任官されなかった家の興ざめなようすを描く秀逸な場面として知られる。今年こそは国司に任じられるであろうと期待して、昔仕えていた使用人や知人などが大勢集まってくるのだが、結局、選にもれ、国司になれないとわかった途端に潮が引くように去っていく。古くから仕えている者は去ることもできず、来年交替予定の国々を数えてうろうろしている。

清少納言は周防守《すおうのかみ》・肥後《ひご》守を歴任した受領の娘である。父元輔《もとすけ》の歌集『元輔

▼**遥任**　現地に赴任せず、京にいて国守《こくしゅ》としての給与だけをえる者をいう。九世紀には「親王任国」といって、上総《かずさ》国・常陸国・上野《こうずけ》国は遥任の親王を守（太守《たいしゅ》と呼んだ）とする制度が始まったので、この三国では介が受領となる。

▼**藤原元命**　生没年不詳。式部丞から尾張守に任じられたが、九八八（永延二）年に尾張国郡司百姓等解文《らのげぶみ》で非法を訴えられた。訴えを受けて翌年尾張守を解任されたが、受領功過定では「過に非ず」と判定されている（『権記』長保五〈一〇〇三〉年四月二十六日条）。

▼**郎等**　従者。受領は大勢の郎等を引きつれて任国に下向した。郎等らは受領の手足となって徴税にいそしみ、受領の資産形成に貢献した。

尾張国郡司百姓等解文(冒頭)

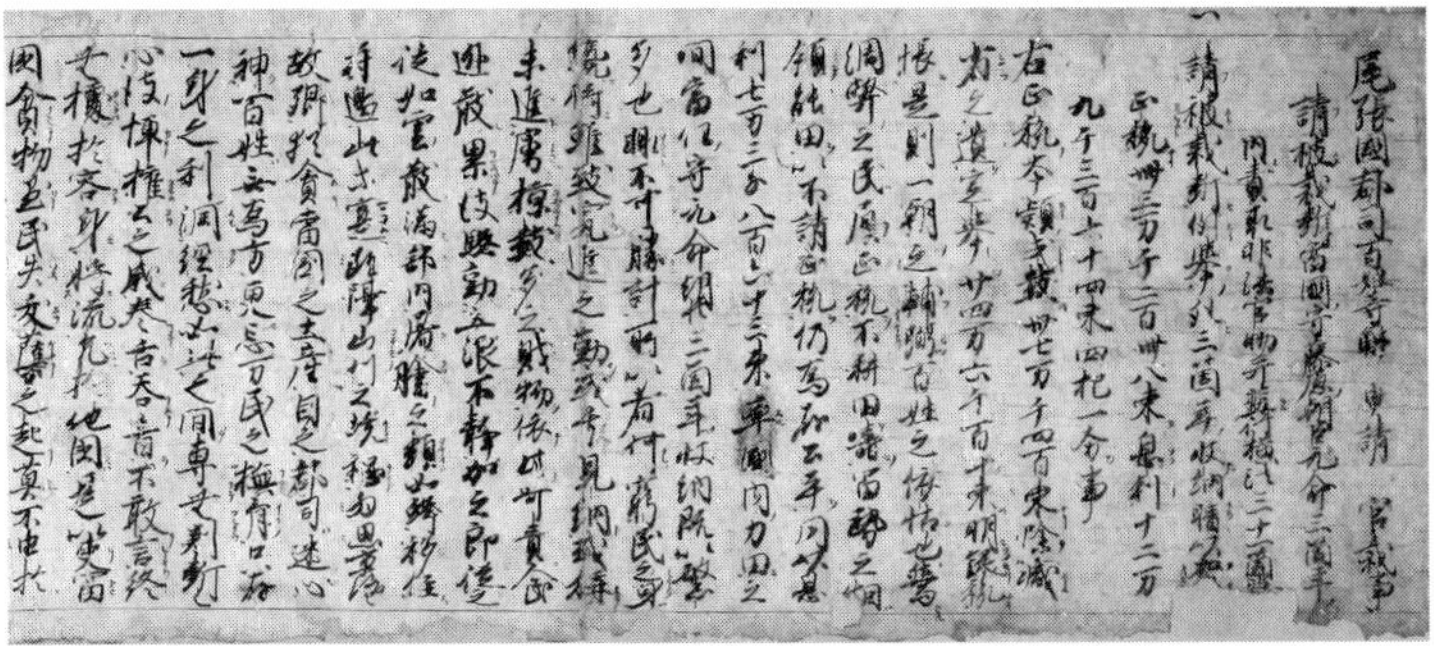

集』には、「つかさ給はらで又の日」、「年頃つかさも給はらで」など、受領に任官されなかったことをなげく歌が数種残っている。実体験を踏まえているからこそのリアルな記述である。

「受領」は、実際に任地に赴き政治を行う国司の最高責任者をさす。多くは国の守《かみ》である。守が遥任《ようにん》▲である場合には、次官である介《すけ》が受領となる。もともとは国司が交替する際に作成されるさまざまな書類を、前任者から後任者が引き継ぐ(受領する)ことを意味した。九世紀以降、地方の政治が国司の裁量に委ねられるようになると、受領の権限が拡大する。とくに国家財政を支える税の徴収は、九世紀末には受領に一任されるようになる。これを「受領の徴税請負人化」という。税率を含む徴税のやり方は受領の裁量にまかされていたので、なかには尾張《おわり》守藤原元命《もとなが》▲のように、非法な増徴・加徴をする者もあった。中央には所定の税を納入すればよかったので、増収分はそのまま受領の財となる。

「すさまじきもの」で描かれたように、受領に任じられる可能性の高い人のもとに人びとが集まるのは、受領となった人に随行して任地に赴く郎等《ろうとう》▲にしてもらおうという目論見があるからである。受領は数十人の子弟・郎等を率いて任《にん》国《ごく》に下向《げこう》し、郎等らは受領の手足となって働き、収奪につとめる。「受領は倒るるところに土をつかめ」(『今昔物語集《こんじゃくものがたりしゅう》』巻二八)とは、当時の受領の貪欲さを示すものとして人口に膾炙《かいしゃ》しているが、受領はそれだけ実入りのいい高収入が期待できる官職だったのである。

受領に任じられるのは、四位《しい》・五位《ごい》の中級貴族《きぞく》であったが、その任官ルートも九世紀末ごろには定まっている。それが「巡《じゅん》」と「挙《きょ》」である。「巡」というのは、蔵人《くろうど》(六位蔵人《ろくい》)・式部丞《しきぶのじょう》・民部丞《みんぶ》・外記《げき》・史《し》を一定年数つとめると、叙爵《じょしゃく》され、受領に任じられるというルートである(受領巡任)。これが一般的であるが、そのほかに「挙(受領挙)」というシステムがあり、これは院宮《いんぐう》や公卿《くぎょう》が受領を推薦する権利である。なお受領ではない目《さかん》や史生《ししょう》など下位の国司を推薦する権利は「年給《ねんきゅう》」といって、これも九世紀前半に院宮や親王、公卿にあたえられた。

受領の任期は四年で、任期が終了すると、「受領功過定《こうかさだめ》」という公卿会議でその勤務評定がなされる。「功」は功績、「過」は過失であり、それを書類に基づいて審査するのである。とはいえ政務の良し悪しではなく、おもに税にかかわる書類審査で、中央におさめるべき所定の税をきちんとおさめているかどうかが

国司の下向(『因幡堂縁起絵巻』)　1005(寛弘２)年因幡守に任じられた橘行平が郎等を率いて下向するようすが描かれている。

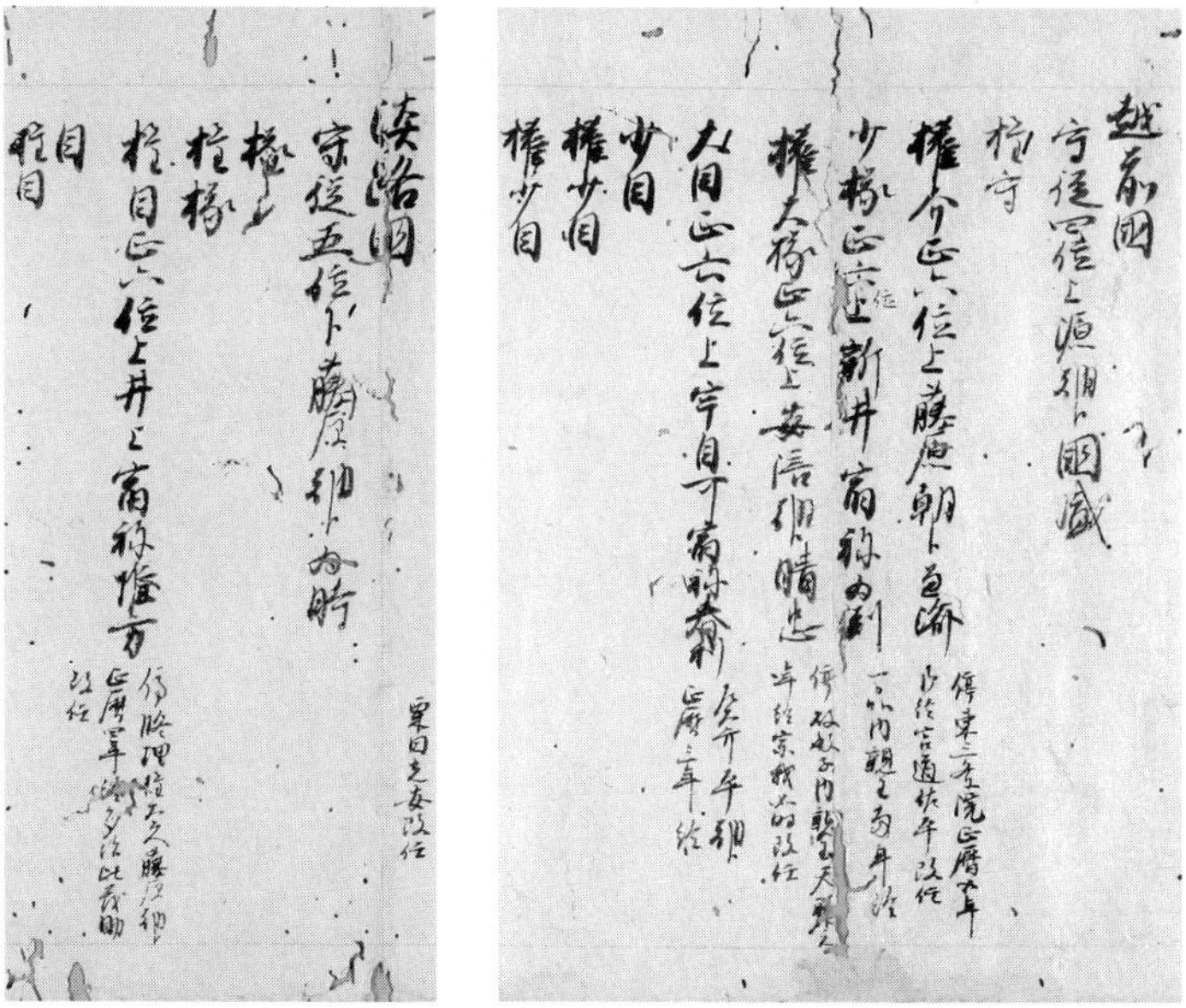

長徳２年の大間書(右：越前国，左：淡路国)　淡路国の守の部分に紫式部の父藤原為時の名がみえる。為時は下国である淡路守への任官を不服として申文を提出し，越前守に変更された(本文68ページ参照)。

評価された（尾張国の郡司《ぐんじ》・百姓《ひゃくしょう》らから非法を訴えられて解任された藤原元命でも受領功過定の審査には「過に非ず」として合格している）。この受領功過定で書類に不備なく、税を過不足なくおさめていることが認められると、「治国加階《ちこくかかい》」といって、位《くらい》を一階あげられ、受領に再任される可能性が高くなる。

任官の際の「受領挙」のシステムと、任終《にんしゅう》の際の「受領功過定」のシステムの成立により、受領に任じられるかどうかについて、院宮や公卿の意向が大きな影響力をもつことになった。そのため、受領、あるいは受領をめざす中・下級官《かん》人《じん》は、院司《いんし》▲や公卿の家司《けいし》▲や家人《けにん》をつとめる者が多かった。こうした受領でかつ家司である者を「家司受領」と呼ぶ。家司受領はその財力でもって公卿らに奉仕し、公卿らは受領挙や受領功過定の際に彼らに力をそえたのである。

『蜻蛉日記《かげろうにっき》』▲の作者の父藤原倫寧《ともやす》は、「受領は一生一度の官栄なり」と訴え（『本《ほん》朝文粋《ちょうもんずい》』巻六）、紫式部の伯父藤原為頼《ためより》は孫娘が生まれた際、「后《きさき》がね　もしからずは　よき国の　わかき受領の　妻《め》がねかもし」とうたった（『為頼朝臣集《ためよりあそんしゅう》』）。天皇の后またはよい国の若い受領の妻になることが貴族の娘にとっての理想だというのである。受領に任じられること、受領の妻になることが、摂関期《せっかんき》の

▼**院司**　太上天皇または女院《にょいん》の家政機関の職員。複数の別当・判官代《はんがんだい》・主典代《さかんだい》など庶務をつかさどる者、側近に仕える院殿上人・蔵人、別納所《べつなっしょ》などの諸所を管轄運営する者など多数におよぶ。

▼**家司**　親王家や公卿の家の家政機関の職員。摂関期の家司は、おおむね五位の大夫層が任じられ、家政機関の政所《まんどころ》別当をつとめた。

▼**『蜻蛉日記』**　藤原道綱母による日記。夫藤原兼家との結婚生活の苦悩を回想的につづったもので、九七四（天延二）年ごろの成立とされる。

▼**上達部**　公卿のこと。一一ページ参照。

中・下級貴族のほぼ共通する栄達の道であった。

藤原道隆《みちたか》や道長《みちなが》の母であり、藤原兼家《かねいえ》の正妻であった時姫《ときひめ》も受領の娘であったし、摂関期の受領はけっして軽んじられていたわけではない。ただ道長自身は、正妻である倫子《りんし》も次妻(という言い方が適切かどうかは問題もあるが)である明《めい》子《し》も源氏《げんじ》で(倫子は宇多《うだ》天皇の曽孫、明子は醍醐《だいご》天皇の孫にあたる)、しかも倫子は左《さ》大臣の娘、明子も失脚したとはいえもと左大臣の娘である。以後、摂関家の正妻は公卿の娘や皇族に限られるようになり、受領層は対象ではなくなっていく。

十一世紀前半には、三位以上になる公卿層、四位・五位止まりの諸大夫《しょだいぶ》層、六位以下の侍《さぶらい》層という家格が固定し、階層分化が明確になってくる。受領は諸大夫層であり、『枕草子』に「受領なども、……あまた国に行き、大弐《だいに》や四位、三位《さんみ》などになりぬれば、上達部《かんだちめ》▲などもやむごとながりたまふめり」とあるように(一七九段「位こそなほめでたきものはあれ」)、歴任して公卿にのぼりつめる者もあったが、ほとんどは四位・五位にとどまった。

摂関期の女流文学の作者たち、清少納言・紫式部・赤染衛門《あかぞめえもん》・和泉式部《いずみしきぶ》・藤原倫寧女《むすめ》(道綱母《みちつなのはは》)・菅原孝標《たかすえ》女はいずれもこうして定まりつつあった受領の娘であり妻だった。

和泉式部の場合、父大江雅致《おおえのまさむね》は越前守《えちぜんのかみ》をつとめた受領であると同時に、昌《しょう》子内親王《しないしんのう》(冷泉《れいぜい》天皇皇后)の太皇太后宮大進《たいこうたいごうぐうだいしん》であり、母は同じく昌子内親王の女《にょう》房《ぼう》であった。最初の夫である橘道貞《たちばなのみちさだ》は和泉守であったが、同時に同じ昌子内親王の太皇太后宮権《ごん》大進であり、和泉式部自身も昌子内親王の女房をつとめていたらしい。和泉式部はのちには藤原保昌《やすまさ》▲の妻となったが、保昌は藤原道長の家司受領で大和《やまと》守・丹後《たんご》守などをつとめ、このころ和泉式部は道長の娘彰子《しょうし》の女房をつとめていた。つまり、和泉式部の母も和泉式部も女房として、夫は受領として、夫婦で同じ主に仕えていたのである。

受領は任期中に必ず任国に赴任した。彼女らは父や夫について都《みやこ》を離れ、諸国に下向した経験をもつ。中央と地方を往来した経験、地方における都とは異なる生活体験が、文化に新しい息吹を吹き込んだのである。

▼**藤原保昌**　九五八～一〇三六。藤原道長・頼通の家司をつとめ、日向・大和・丹後などの受領を歴任した。為尊《ためたか》親王・敦道《あつみち》親王と死別後の和泉式部の夫としても知られる。

清少納言の父と兄弟

「清少納言」の「清」は、彼女が清原《きよはら》氏であることを示す。二文字の氏の名を一文字に略すのは、中国風の表記で、この当時、藤原氏は「藤《とう》」、菅原氏は「菅《かん》」、大江氏は「江《ごう》」、小野氏は「野《の》」のように、氏の名の上または下の文字一字をとって呼んだ。清原氏の姓《かばね》は「真人《まひと》」で、清原真人氏には諸系列あったようであるが、ほとんどは天武《てんむ》天皇の後裔氏族《こうえいしぞく》とされる。

清原氏は九世紀半ばまでは右大臣清原夏野《なつの》をはじめ参議《さんぎ》もだしているが、十世紀には五位の諸大夫クラスにほぼ定まっていた。清少納言の曽祖父とされる清原深養父《ふかやぶ》は、京官《きょうかん》の判官《じょう》をへて、九三〇(延長《えんちょう》八)年諸司労《しょしのろう》二〇年で従《じゅ》五位下《げ》に叙されたという履歴が知られる(『中古歌仙《ちゅうこかせん》三十六人伝』)。歌人として著名で、『古今和歌集《こきんわかしゅう》』の一七首をはじめ、勅撰集《ちょくせんしゅう》▲に四一首がいれられている。琴にもひいでていたらしく、藤原兼輔《かねすけ》▲(堤中納言《つつみちゅうなごん》)の邸宅で夜もすがら管絃を楽しんだことなどが知られる。

清少納言の祖父については、従四位下下総守《しもうさのかみ》清原春光《はるみつ》とされるが、それ以上のことはわからない。父清原元輔は、村上《むらかみ》天皇から『後撰《ごせん》和歌集』の編者に選

▼**勅撰集**　天皇または院の命によって編纂された和歌集・漢詩集。ここでは勅撰和歌集をさす。『古今和歌集』をはじめ、『後撰和歌集』『拾遺《しゅうい》和歌集』『金葉《きんよう》和歌集』『詞花《しか》和歌集』『千載《せんざい》和歌集』をへて、『新古今《しんこきん》和歌集』まで、平安《へいあん》中期から鎌倉初期に編纂されたものを八《はち》代集《だいしゅう》という。

▼**藤原兼輔**　八七七～九三三。従三位中納言《ちゅうなごん》にいたる。邸宅が賀茂川堤《かもがわつつみ》に近かったため、「堤中納言」と呼ばれた。三十六歌仙に選ばれており、歌集に『兼輔集』がある。

ばれたいわゆる「梨壺《なしつぼ》の五人▲」の一人として著名である。「三十六歌仙▲」にあげられ、『拾遺《しゅうい》和歌集』以後の勅撰集に一〇六首がいれられている。

清少納言は、中宮定子《ちゅうぐうていし》から「元輔が　後《のち》といはるる　君しもや　今宵の歌に　はづれてはをる」とよみかけられており、自身、歌人の子として、歌をよむことに自負と気負いとを感じていた（『枕草子』九五段「五月の御精進《みそうじ》のほど」）。

さて、その父元輔の官歴は、『三十六人歌仙伝』によると、九五一（天暦《てんりゃく》五）年河内権少掾《かわちのごんのしょうじょう》、その後少監物《しょうげんもつ》・中監物、大蔵少丞《おおくらのしょうじょう》、民部《みんぶ》少丞・大丞《だいじょう》を歴任し、九六九（安和《あんな》二）年従五位下に叙され、河内権守《ごんのかみ》に任じられた。さきにみたように、民部丞をつとめて「巡」で叙爵されて、国司に任じられたのである。その後、周防守・肥後守など受領を歴任し、九九〇（正暦《しょうりゃく》元）年に従五位上・肥後守在任中に八三歳でなくなっている。

元輔が周防守に任じられたのは、九七四（天延《てんえん》二）年のことであったので、清少納言は裳着《もぎ》以前の九歳くらいの少女であり、父とともに任国に下向していた可能性がある。

元輔について、注目すべきは藤原実頼《さねより》・実資《さねすけ》ら小野宮家《おののみやけ》との関係である。

▼梨壺の五人　村上天皇の勅命《ちょくめい》により宮中昭陽舎《しょうようしゃ》（梨壺）に設けられた撰和歌所《せんわかしょ》の寄人《よりうど》。清原元輔のほか、大中臣能宣《おおなかとみのよしのぶ》・源順《したごう》・紀時文《きのときふみ》・坂上望城《さかのうえのもちき》の五人が選ばれて、『後撰和歌集』の編纂と『万葉集《まんようしゅう》』の読解とを行った。

▼三十六歌仙　藤原公任《きんとう》が選んだ三十六人の優れた歌人をいう。柿本人麻呂《かきのもとのひとまろ》・山部赤人《やまべのあかひと》・大伴家持《おおとものやかもち》らの万葉歌人から、紀貫之《きのつらゆき》・紀友則《きのとものり》・凡河内躬恒《おおしこうちのみつね》らの『古今和歌集』の選者たちを含む。清少納言の父清原元輔、紫式部の曽祖父藤原兼輔も選ばれている。

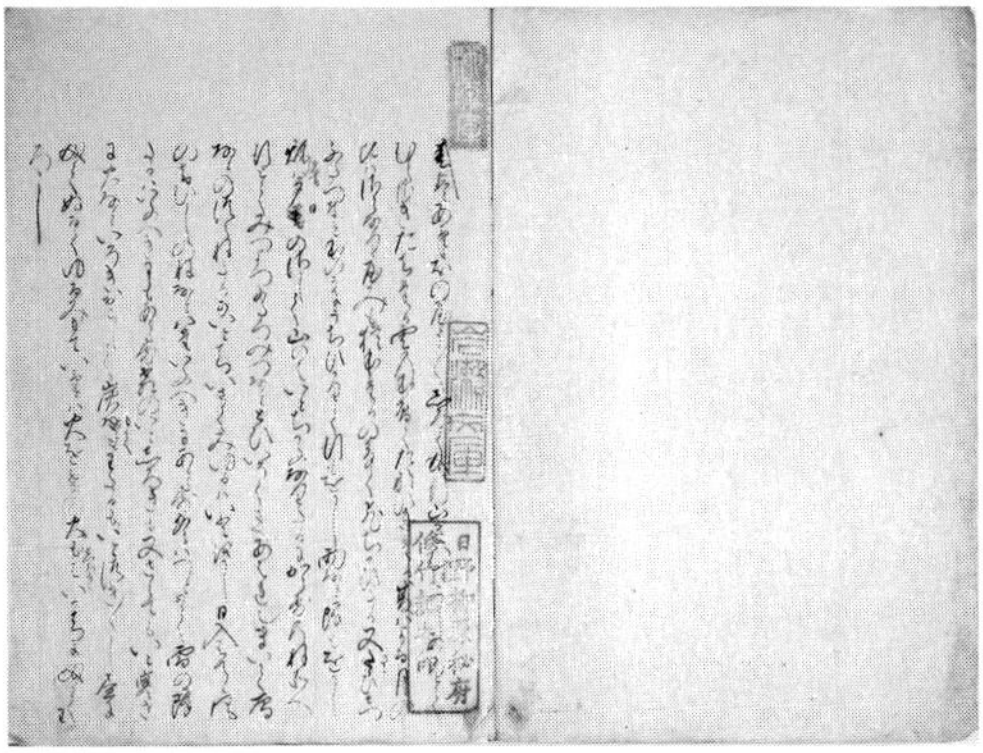

『枕草子』(岩瀬文庫本。上巻冒頭)

枕草子諸本

〔雑纂形態〕
- 三巻本
  - 第一類
  - 第二類
  - 両類　岩瀬文庫本
- 能因本《のういん》

〔類纂形態〕
- 前田本
- 堺本

清少納言関係系図

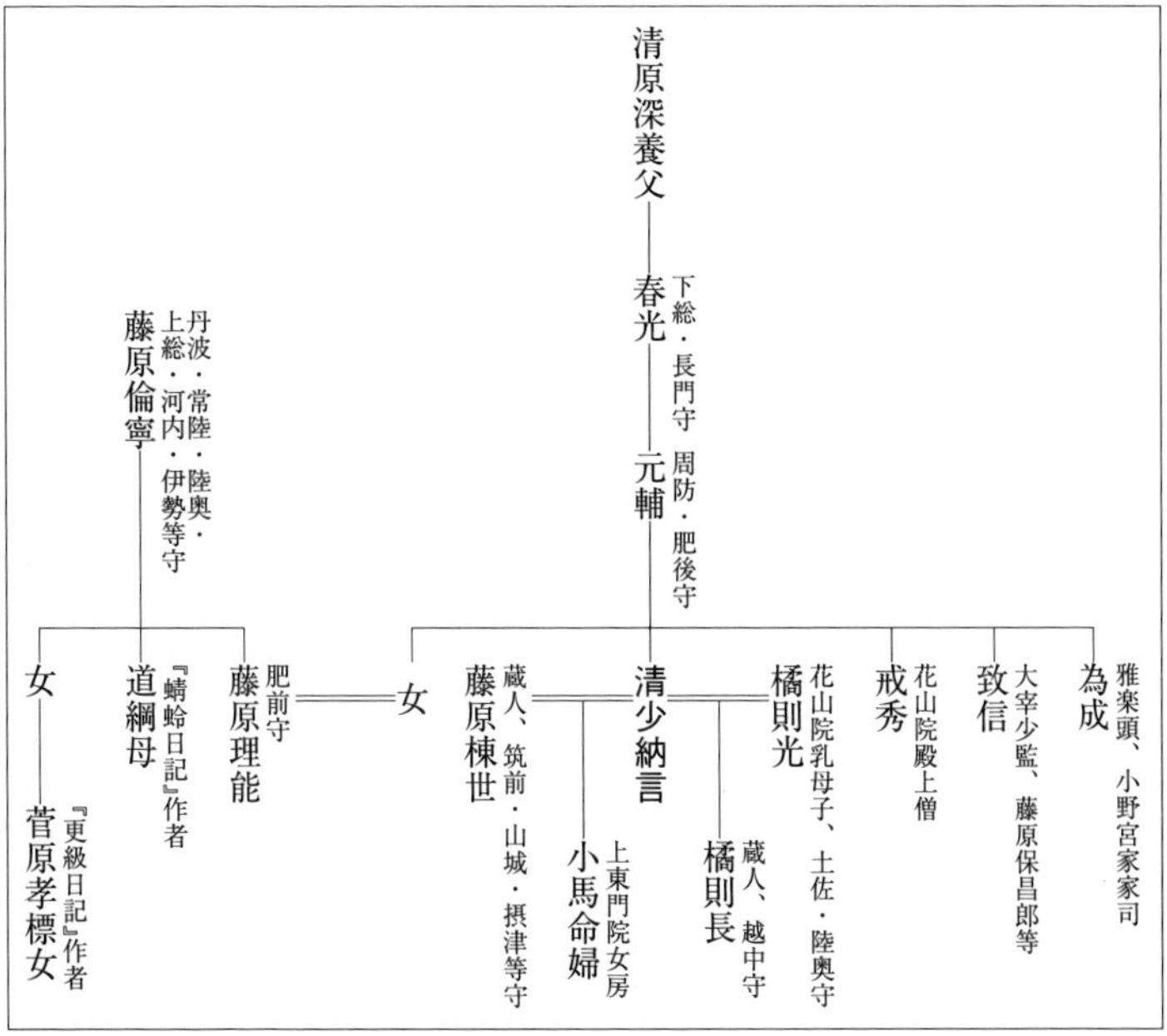

『元輔集』にみえる詞書《ことばがき》から、「小野宮の太政《だいじょう》大臣(実頼)の家」で四季折々によんだ歌や、実頼の五十賀《ごじゅうのが》(五〇歳のお祝い)の際につくった歌が知られ、実資のもとで「昔語り」などしている。また実資の娘の誕生七夜のお祝いに駆けつけて和歌をよんでいる(『小右記《しょうゆうき》』寛和《かんな》元〈九八五〉年五月四日条)。このお祝いはごく内輪で行われたものであるから、元輔は実頼以来の小野宮家の家司であった可能性が高い。つまり、清少納言の父は、小野宮家の家司受領であったと思われるのである。

清少納言の兄弟としては、「清原系図」によれば、大宰少監《だざいのしょうげん》▲致信《むねのぶ》と花山院《かざんいん》殿上法師《てんじょうほうし》戒秀《かいしゅう》が知られる。また元輔には藤原理能《まさよし》の妻となった娘があり、清少納言の姉であったと考えられている。理能は藤原倫寧の子であるから、『蜻蛉日記』の記主道綱母の兄弟である。

このほかに、清原為成《ためなり》が清少納言の兄であったと考えられている。『小右記』に「清原順成《のぶなり》は雅楽頭《うたのかみ》為成の男なるも、名簿《みょうぶ》には元輔の男と注す、元輔は祖父なり」とあることを根拠とする(長和《ちょうわ》五〈一〇一六〉年二月三日条)。為成は、一〇一三(長和二)年から雅楽頭として『小右記』に頻出し(実資は雅楽寮《ががくりょう》の勅別当《ちょくべっとう》であっ

▼**大宰少監**　大宰府《だざいふ》の判官《じょう》。大宰府の四等官《しとうかん》は、帥《そち》(長官《かみ》)、大・少弐《に》(次官《すけ》)、大・少監《げん》(判官)、大・少典《てん》(主典《さかん》)で構成されている。

た)、一〇二五(万寿《まんじゅ》二)年になくなっているのだが、『小右記』同年九月十二日条に、「雅楽頭為成卒去す、これ家司なり、日ごろ痢病《りびょう》を煩《わずら》ふ、年齢八旬《はちじゅん》に臨むと云々」とある。父の元輔同様、小野宮家に仕える家司であり、一二年以上雅楽頭をつとめ、八〇歳の高齢でなくなったわけである。ただこの兄と清少納言の接点はまったく知られず、おそらく異母兄弟であったのであろう。

一方、「清原系図」に清少納言の兄弟としてみえる致信は、藤原保昌の郎等であったらしく、一〇一七(寛仁《かんにん》元)年に、前大和守《さきのやまとのかみ》藤原保昌と大和に大きな基盤をもつ源《みなもとの》頼親《よりちか》との武力衝突にまきこまれて殺害されてしまう(『御堂関白記《みどうかんぱくき》』寛仁元年三月十一日条)。藤原保昌は、さきにもふれたように、道長の家司受領であり、その郎等ということはむしろ道長家に近かったといえる。清少納言がこのとき「清監《せいげん》(清原致信)」と同宿していたという『古事談《こじだん》』の説話は、致信が同母兄弟であったことを示唆している。

清少納言の夫

清少納言の夫としては、橘《たちばなの》則光《のりみつ》・藤原棟世《むねよ》▲の二人をあげるのが通説である。

▼**藤原棟世**　生没年不詳。藤原保方(?~九四七)の子。九八二(天元五)年蔵人とみえ、のち右中弁、筑前守・山城守・摂津守に任じられ、正四位下に叙された。

則光とのあいだには則長《のりなが》が生まれており、棟世とのあいだに生まれた女子は上《じょう》東門院《とうもんいん》彰子に仕えて小馬命婦《こまのみょうぶ》と呼ばれた。

橘則光は九六五(康保《こうほう》二)年の生まれである。清少納言はその一歳下と推測されている。二人の結婚は、息子の橘則長が九八二(天元《てんげん》五)年の生まれである(三巻本『枕草子』勘物)ので、九八一(同四)年ごろと思われる。則光は一七歳、清少納言は一六歳である。宮中《きゅうちゅう》では「▲せうと」の関係として評判だったことが知られるから(『枕草子』七八段「頭中将《とうのちゅうじょう》のすずろなるそら言を聞きて」)、幼馴染のように仲よく、別れたあとも親しくつきあっていたのであろう。

則光は、橘氏の氏長者《うじのちょうじゃ》であった橘敏政《としまさ》の長男で、母は花山天皇の乳母《めのと》右近《うこんの》尼《あま》である。橘敏政は、蔵人、駿河守《するがのかみ》、中宮亮《ちゅうぐうのすけ》などを歴任し、正《しょう》五位下で終っている典型的な諸大夫・受領層である。ただ母が花山天皇の乳母であったことは重要で、則光は花山天皇の乳母子《めのとご》として、九九八(長徳《ちょうとく》四)年に叙爵《じょしゃく》され、その後まもなく遠江介《とおとうみのすけ》に任じられている(『権記《ごんき》』長保三〈一〇〇一〉年正月三十日条、『書写山円教寺旧記《しょしゃざんえんきょうじきゅうき》』)。一〇〇八(寛弘《かんこう》五)年に花山法皇がなくなるまで、その院司もつとめていたらしい(『御堂関白記』寛弘元年五月二十七日条)。清少納言の

▼**せうと**　兄人。女性からみて同腹の兄または弟をいう。ここでは兄弟のように仲がよかったということであろう。

兄弟の戒秀は花山院の殿上法師であり、その関係で知り合ったのかもしれない。

則光は、叙爵以前には、一条《いちじょう》天皇の六位蔵人をつとめ、九九六(長徳二)年四月には「天許《てんきょ》(天皇の勅許)」により、左衛門尉《さえもんのじょう》検非違使《けびいし》▲に補されている(『小右記』長徳二年四月七日条)。一条天皇の信任も厚かったということであろう。叙爵で六位蔵人を辞し、遠江介の後、能登守《のとのかみ》・土佐《とさ》守などの受領を歴任して、従四位上《じょう》・陸奥《むつ》守にいたった。

三条《さんじょう》天皇中宮妍子《けんし》が、東三条第《ひがしさんじょうてい》の火災を逃れて藤原斉信《ただのぶ》▲の家に三カ月ほど滞在した際、斉信家への褒賞(「本家賞《ほんけのしょう》」)として、「則光朝臣は家司に似る也」という理由で則光に位一階を叙している(『御堂関白記』長和二〈一〇一三〉年四月十三日条)。このころには、斉信の家司的立場にあったのであろう。

息子の橘則長は、一〇二一(治安《じあん》元)年正月に四〇歳で進士《しんし》(文章生《もんじょうしょう》)から蔵人に補され、図書権助《ずしょのごんのすけ》、修理亮《しゅりのすけ》、式部丞《しきぶのじょう》をへて、一〇二四(万寿元)年叙爵、一〇三三(長元《ちょうげん》六)年越中守《えっちゅうのかみ》に任じられるが、翌年任地で没した。歌人《かじん》でもあり、『後拾遺《ごしゅうい》和歌集』に三首が入集している。則光には歌人的素養があったとは思えないので、これは母清少納言の血筋といえるのかもしれない。

▼**検非違使**　九世紀初めに設置され、京中の警備・治安維持にあたった職。左右衛門府の官人《かんじん》が宣《せん》旨《じ》によって補任された。検非違使庁は左衛門府におかれ、長官である別当は、参議または中納言をかねる左右衛門府(または左右兵衛府)の督が宣旨で任じられた。

▼**藤原斉信**　九六七〜一〇三五。藤原為光《ためみつ》の子。一条天皇の蔵人頭をつとめ、正二位大納言にいたった。彰子の中宮大夫をつとめるなど道長の信頼も厚く、藤原公任・藤原行成《ゆきなり》・源俊賢《としかた》とともに寛弘の四納言と称された。『枕草子』にも登場する。

つぎに藤原棟世との婚姻について確認しておこう。棟世については、清少納言との年齢の開きが大きく、夫ではなく実の父ではないかという説もあるが、推測にすぎない。

「清原系図」には、清少納言について「皇后定子侍女《じじょ》、摂津守《せっつのかみ》藤原棟世妻」とある。藤原棟世は藤原南家《なんけ》真作《まつくり》流で、父保方《やすかた》は、蔵人・式部丞から伊賀守《いがのかみ》に任じられた典型的な受領層であった。棟世自身は、蔵人・右中弁《うちゅうべん》から筑前《ちくぜん》守・山城《やましろ》守・摂津守に任じられ、正四位下にいたっている。『尊卑分脈《そんぴぶんみゃく》』によると、娘に上東門院（彰子）女房をつとめた「小馬命婦」があり、この小馬命婦が『範永《のりなが》朝臣集《あそんしゅう》▲』にみえる「女院《にょいん》（彰子）にさぶらふ清少納言がむすめこま」にあたると考えられている。

ここで注目すべきは、異本『清少納言集』の詞書に「津の国（摂津国）にある頃、内御つかひに、ただたかを」とみえることである。清少納言は、夫棟世について摂津国に下向していたとみられるのだが、棟世が摂津守であった時期が重要である。『権記《ごんき》』によれば、九九八年二月、摂津守を希望して、藤原典雅《のりまさ》、藤原棟世、藤原方隆《まさたか》の三人が申文《もうしぶみ》▲を提出している（長徳四年二月二十三日条）。このと

▼**『範永朝臣集』**　藤原範永（生没年不詳）の歌集。範永は藤原中清《なかきよ》の子。蔵人、尾張《おわり》守・但馬《たじま》守・摂津守などを歴任し正四位下にいたる。受領層の歌人で、藤原頼通期の歌壇で活躍し、一〇七〇年ごろ出家。勅撰集に三〇首入集。小《こ》式部内侍《しきぶのないし》との交際も知られる。

▼**申文**　一般に下位者から上位者への上申文書をいうが、とくに叙位や任官を求める人が提出した申請書をさすことが多い。任官を希望する場合は、まず希望する官職をあげ、任官の先例を述べ、自己の経歴と自薦文を記して進上した。

きは、藤原方隆が任じられたのだが、方隆はまもなくなったらしく、同じ年八月に藤原典雅が摂津守に任じられている。ところが、翌九九九(長保元)年七月には藤原棟世が「見任《げんにん》」▲であることがみえる。詳しい事情は不明だが、九九九年に棟世は典雅にかわって摂津守になったのである。棟世の次の摂津守として知られるのは、一〇〇四(寛弘元)年の藤原説孝《のりたか》で、さらにその後任の藤原方《まさ》正《ただ》は一〇〇五年六月に任じられている。受領の任期は原則四年であるから、棟世が摂津守であったのは、おおよそ九九九年から一〇〇二(長保四)年と考えることが許されよう。

一方、「内御つかひ」の「ただたか」は、蔵人源忠隆《ただたか》であることはほぼまちがいない。源忠隆は、『枕草子』に「蔵人忠隆」(七段「上に候ふ御猫は」)、「(蔵人)式部丞忠隆」(八三段「職《しき》の御曹司《みぞうし》におはしますころ、西の廂《ひさし》に」)とみえており、清少納言とは面識がある。一〇〇〇(長保二)年正月に六位蔵人に補されたことが『権記』にみえ、一〇〇二年十月までその任にあったことが確認される(『本朝世紀《ほんちょうせいき》』長保四年十月二十四日条)。

つまり、藤原棟世が摂津守として任国に赴任し、かつ源忠隆が蔵人として摂

▼**見任**　現在、任期中であること。

津国に赴いたのは、一〇〇〇年から一〇〇二年のあいだということになる。清少納言は、一〇〇〇年十二月の定子の死までは、宮仕えを続けていたものと思われるから、定子の死後、宮仕えを退き、夫棟世のいる摂津国に下向したのだと考えられるのである。

棟世との結婚が、定子存命のうちからなのか、定子がなくなって以降なのかは不明であるが、『枕草子』二二四段「御乳母の大輔《たいふ》の命婦、日向《ひゅうが》へくだるに」で、定子の乳母女房が夫の任国である日向にくだるのに対し、「さる君（定子）を見おきたてまつりてこそ、え行くまじけれ」と記しているのは、興味深い。「私には中宮さまをおいていくことなど到底できない」という清少納言の強い気概は、そのまま定子の死とともに、後宮《こうきゅう》を去り、夫の任国に赴くことになったのだと思う。このころ、清少納言は三十代後半、娘（小馬命婦）はこのとき産んだのかもしれない。

紫式部の父と夫

紫式部については、清少納言よりは史料が豊富で、より詳細な系譜をたどることができる。父は藤原為時《ためとき》、母は藤原為信《ためのぶ》の娘である。為時の祖父兼輔《かねすけ》、つまり紫式部の父方の曽祖父は「堤中納言《つつみちゅうなごん》」として知られる醍醐朝の歌壇の中心的人物で、従三位にまでのぼった。清少納言の曽祖父清原深養父が、その邸宅に招かれていたことは、さきにもふれたところである。三十六歌仙の一人で、勅撰集に四五首が選ばれている。さかのぼれば、藤原北家良門《ほっけよしかど》の流れをくむ家柄である。

紫式部の祖父雅正《まさただ》も、紀貫之《きのつらゆき》▲と親交の深かった歌人であり、『後撰和歌集』に七首が選ばれている。雅正の弟清正《きよただ》も三十六歌仙に選ばれたほどの歌人であったし、雅正の長男為頼《ためより》(紫式部の伯父)もまた『拾遺和歌集』以下の勅撰集に一一首が入首している。ただし雅正の官位は、その父には遠くおよばず、刑部大輔《ぎょうぶだいふ》・豊前守《ぶぜんのかみ》・周防守を歴任し、従五位下《げ》止まりであった。

父為時は、雅正の三男にあたり、その母はやはり歌人として知られる右《う》大臣藤原定方《さだかた》の娘である。為時は、菅原文時《すがわらのふみとき》▲門下の文章生《もんじょうしょう》で、九八四(永観《えいかん》二)年花山天皇が即位すると、六位蔵人・式部丞に補された。このとき三八歳、遅まきの出世であったが、花山天皇がわずか二年で退位すると、その後一〇年ものの

▼**紀貫之**　八六八ごろ?～九四五ごろ?　平安中期の官人、歌人。醍醐天皇の勅《ちょく》を受けて壬生忠岑《みぶのただみね》らと『古今和歌集』を撰した。勅撰集に四五二首入集、多くの屏風歌《びょうぶうた》をよんだ専門歌人で、三十六歌仙《さんじゅうろっかせん》に選ばれている。大内記《だいないき》・大監物《だいけんもつ》・美濃介《みののすけ》・土佐守などをつとめた官僚でもあり、『土佐日記』を記した。

▼**菅原文時**　八九九～九八一。菅原道真《みちざね》の孫。文章博士《はかせ》・大学頭をつとめ、従三位にいたった。門下に慶滋保胤《よししげのやすたね》らがいる。

あいだ、失意のままますごすことになる。九九六(長徳二)年正月の除目で、やっと淡路《あわじ》守に任じられたが、このとき、下国《げこく》の守であることを不服として中文を提出し、その文章が巧みであったことから、一条《いちじょう》天皇の目にとまり、大国《たいこく》の越前《えちぜん》守に変更されたという逸話がある(『今昔物語集』巻二四、五三ページ下写真参照)。紫式部は、父の赴任後、越前国に下向し、一年余りをすごして京に戻った。一〇〇八(寛弘五)年に正五位下で蔵人・左少弁《さしょうべん》、一〇一一(同八)年に越後守に任じられたが、同行した息子の惟規《のぶのり》がその地でなくなると、任期途中の一〇一四(長和三)年帰京し、翌年三井寺《みいでら》で出家した。

為時は、①章で最初にみた『続本朝往生伝《ぞくほんちょうおうじょうでん》』のいう一条朝の「天下の一物」の「文士《ぶんし》」のなかにあげられている。この時代を代表する文人の一人であった。道《みち》兼第《かねてい》でよんだ歌や道長第の三十講歌合《うたあわせ》▲に参加したこと、東三条院四十賀《ひがしさんじょういんしじゅうのが》(四〇歳のお祝い)の屏風歌《びょうぶうた》を詠進したりと、歌人としての活躍も知られる。

息子の惟規に漢籍を教えていた際、傍で聴いていた紫式部のほうがよく理解したのを、為時が「口惜しう、男子にて持たらぬこそ幸ひなかりけれ」となげいたという(『紫式部日記』)のはあまりにも著名なエピソードである。

▼三十講歌合　「三十講」は法華《ほっけ》三十講のこと。法華経《ほけきょう》二十八品《ほん》に開経《かいきょう》「無量義経《むりょうぎきょう》」と結経《けっきょう》「観普賢《かんふげん》菩薩行経《ぼさつぎょうきょう》」を加えた三十講を行う。藤原道長は一〇〇二(長保四)年以来毎年自第でこれを催し、多くは五月に行うのを例としていた。この三十講において、集まった人びとが法華経の心をよむ和歌の歌合が行われた。

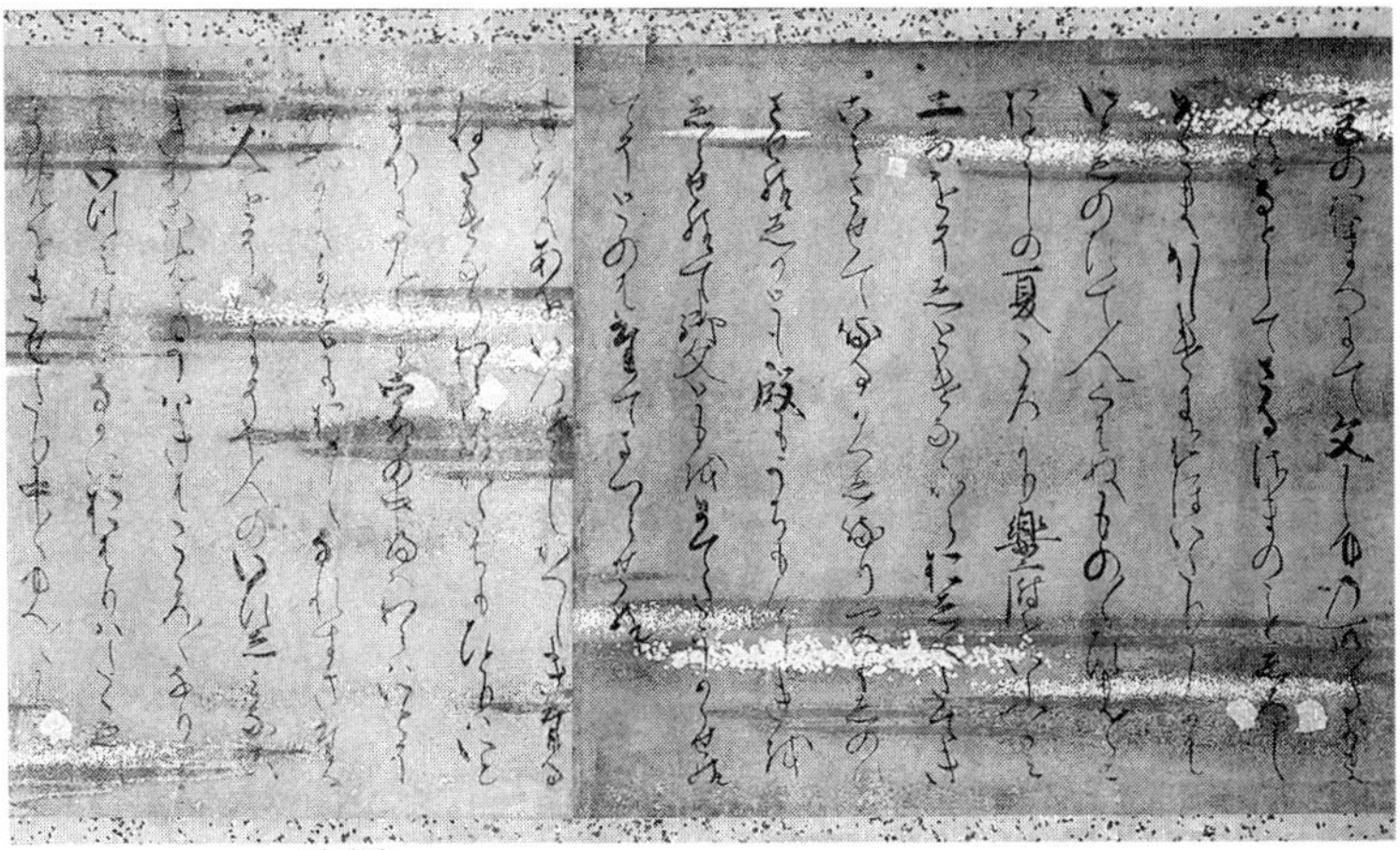

『紫式部日記絵巻』詞書《ことばがき》　『紫式部日記』は断簡を除いて古写本がないが，鎌倉初期につくられた『紫式部日記絵巻』の詞書から，13世紀初期の本文を知ることができる。上の写真は蜂須賀《はちすか》本の第６段で，紫式部が中宮彰子に『白氏文集』を進講する場面の詞書。

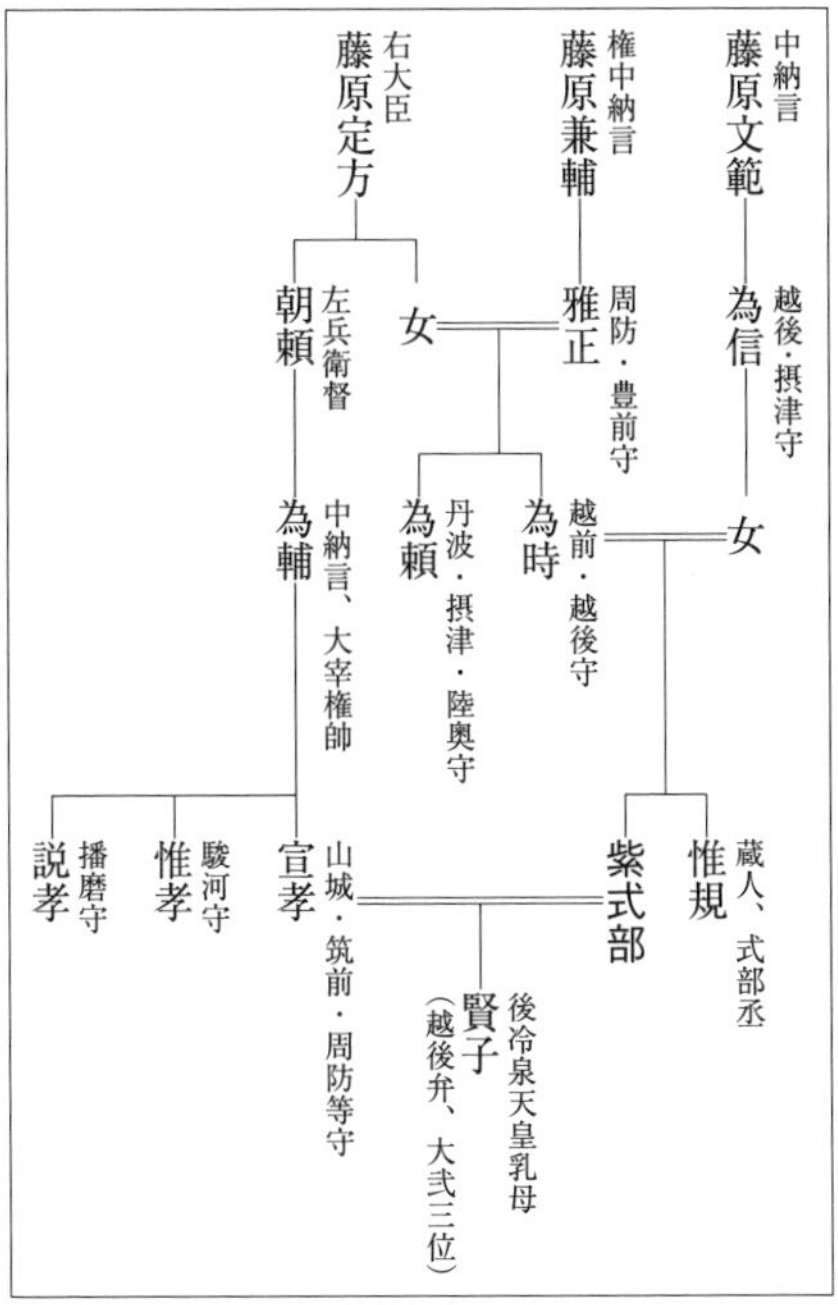

紫式部関係系図

藤原道長金銅経筒　金峯山経塚から出土した銅製鍍金の経筒。表面に銘文があり、道長が埋納したことが記されている。

清少納言と異なり、紫式部は母の素性がはっきりしている。もちろん実名はわからないが、藤原為信の娘である。紫式部の母方の祖父にあたる為信は、権《ごんの》中納言《ちゅうなごん》藤原文範《ふみのり》の息子で、村上《むらかみ》天皇の六位蔵人をへて、越後守・常陸介《ひたちのすけ》など受領を歴任し、従四位下右少将《うしょうじょう》にいたっている。紫式部が十代のころにはまだ健在であったが（『小右記』永延元〈九八七〉年正月十三日条）、その娘である紫式部の母は、弟惟規を産んでまもなくなくなったらしい（『紫式部集』）。紫式部は父方も母方も曽祖父は中納言をつとめた公卿層であり、祖父の代からは四位・五位の受領層であったことになる。曽祖父までたどっても公卿はいない清少納言より格上の家柄である。

紫式部の夫として知られるのは藤原宣孝《のぶたか》である。その結婚の時期は、紫式部が父の赴任先である越前から帰京した九九八（長徳四）年の秋ごろのことと推測されている。式部は二六歳、宣孝はこのとき四十代半ばであったと思われる。宣孝の息子の隆光《たかみつ》は一〇〇一（長保三）年に六位蔵人に任じられているから、紫式部はほとんど同じ年の義理の息子をもったことになる。

宣孝は正三位権中納言藤原為輔《ためすけ》の息子で、母は参議《さんぎ》藤原守義《もりよし》の娘である。円《えん》融《ゆう》天皇・花山天皇の六位蔵人、左衛門尉検非違使などをへて、九九〇(正暦《しょうりゃく》元)年に筑前守に任じられ、大宰少弐《だざいのしょうに》も兼任した。式部と結婚した九九八年秋には従五位上右衛門佐《うえもんのすけ》兼山城守であった。しかしこの結婚生活はわずか二年半ほどで終る。一〇〇一年四月に宣孝がなくなるのである。紫式部が彰子の宮に出仕するのは、一〇〇四(寛弘元)年かと推測されており(寛弘二年説、同三年説もあり)、夫の死後三年ほどがたってからのことであった。

『枕草子』一一五段「あはれなるもの」には、宣孝が息子の隆光とともに派手な衣装で金峯山詣《きんぷせんもうで》▲を行い、人びとの耳目を驚かし話題をさらったことが記されている。金峯山詣は、長期の精進の末、質素な身なりで行うものとされていたから——一〇〇七(寛弘四)年の道長の金峯山詣の際も、道長自身できるだけ派手にならないよう指示している——、「清浄な衣装であれば蔵王権現《ざおうごんげん》も文句はいうまいよ」と言い放った宣孝の行動からは、彼の合理的な思考と豪胆な側面をうかがうことができよう。宣孝はこの金峯山詣のあとで筑前守に抜擢された。

紫式部の娘賢子《けんし》▲は、この宣孝との子であり、九九九(長保元)年の生まれであると考えられている。三歳で父をなくし、おそらく母紫式部とともに、越前か

▼**金峯山詣**　金峯山は奈良県吉《よし》野山《のやま》から山上ヶ岳《さんじょうがたけ》(大峰山《おおみねさん》)をさし、蔵王権現《ざおうごんげん》の霊地、弥勒下生《みろくげしょう》の地として、当時の貴族社会の信仰を集めていた。三カ月におよぶ精《しょう》進潔斎《じんけっさい》(御嶽精進《みたけそうじ》)をへて登山するのが通例であったらしい。藤原道長が一〇〇七(寛弘四)年に金峯山に参詣した際に埋納した経筒《きょうづつ》は、江戸《えど》時代に山上から出土している。

▼**藤原賢子**　生没年不詳。藤原宣孝の娘。母は紫式部。中納言藤原兼隆《かねたか》と結婚して娘を産み、親仁《ちかひと》親王(後冷泉天皇)の乳母となる。このころは「越後弁《えちごのべん》」と呼ばれた。のちに大宰大弐高階成章《たかしなのなりあきら》と結婚して為家《ためいえ》を産む。後冷泉天皇の即位により、典侍《ないしのすけ》、従三位に叙された。「大弐三位」は成章の官職にちなむ。

ら帰京した祖父為時のもとに住んでいたものと思われる。賢子は、のちには後《ご》冷泉《れいぜい》天皇の乳母となり従三位に叙されて、「大弐三位《だいにのさんみ》」と称される女房となる。

紫式部は、父とともに越前国に下向したが、このとき二十代半ばであったと推定されている。越前国には、九・十世紀には、渤海《ぼっかい》▲からの外交使節を饗応《きょうおう》する松原客館《まつばらきゃくかん》という施設がおかれており、外国の使節や商人が来航することもある土地柄であった。為時は越前守在任中に、宋《そう》の商人と漢詩を交わしたことが知られているが、このときの宋の商人は、若狭国《わかさのくに》に漂着したものの、入京できず、越前国府《こくふ》にとどめられていたものという。紫式部の夫になる宣孝らしき人物が、越前国にいる紫式部に「年返りて、唐人《とうじん》（宋人）見に行かむ」と手紙を送っていたことが知られ（『紫式部集』）、紫式部もこのとき宋の商人らと接触があった可能性がある。

光源氏《ひかるげんじ》と人相見にひいでた高麗人《こまうど》（渤海人）との対面シーンでの漢詩による文化交流（『源氏物語《げんじものがたり》』桐壺《きりつぼ》）は、紫式部のこうした経験を踏まえたものとする指摘もある。いずれにせよ、受領の父についての任国下向の旅と、都とは大きく異なる地方での生活は、紫式部の知識や経験の枠を広げたものと思われる。

▼**渤海**　七世紀末〜十世紀初めまで、現在の中国東北地方、ロシアの沿海地方、北朝鮮の北部を領域とした国家。日本とは七二七年以来、外交使節の往来があった。渤海使は大宰府ではなく、北陸地方に来航したため、能登や敦賀《つるが》に客館が設けられた。

④女性の日記と男性の日記

女性の日記

「男もすなる日記といふものを、女もしてみむとてするなり」という書き出しで始まる『土佐日記《とさにっき》』は、男性の紀貫之《きのつらゆき》が「かな」でつづった実験的な作品であった。「かな」という表現が、心情を描写するにひいでているところに着目したものであろう。『土佐日記』は日記というより、紀行文の体裁であるが、ほぼ同じころ、醍醐《だいご》天皇の皇后藤原穏子《ふじわらのおんし》▲が日記を記していたことが知られている。

平安時代の男性の日記は、公事《くじ》を記録し、先例として参考にするべく作成された。現代の歴史学研究者はこうした日記を「古記録《こきろく》」と呼んで、史料として「古文書《こもんじょ》」と区別する。

宇多《うだ》天皇・醍醐天皇や村上《むらかみ》天皇の日記は「御記《ぎょき》」と呼ばれ、代々の天皇はこれを清涼殿《せいりょうでん》において参考にしていたし、藤原師輔《もろすけ》▲の『九条殿遺誡《くじょうとのゆいかい》』▲には、朝起きたら、「昨日の公事、若《も》しくは私の止むを得ざる事」を記録せよと説いている。

ちなみに師輔自身の日記は『九暦《きゅうれき》』と呼ばれている。『九暦』は、師輔が暦（具注《ぐちゅう》

▼**藤原穏子**　八八五～九四五。藤原基経《もとつね》の娘。醍醐天皇の中宮で、朱雀天皇・村上天皇の母。朱雀の即位により皇太后《こうたいごう》、村上の即位で太皇太后となった。

▼**藤原師輔**　九〇八～九六〇。藤原忠平の子。実頼《さねより》の弟。朱雀天皇の蔵人頭をへて、右大臣にのぼった。娘の安子《あんし》が村上天皇の中宮となり、冷泉天皇・円融《えんゆう》天皇を産んだことで、子の兼通・兼家、孫の道長に続く摂関家の祖となった。有職故実《ゆうそくこじつ》に詳しく『九条年中行事』などを編纂した。実頼の小野宮《おののみや》流に対する九条流の祖。九ページ系図参照。

▼**『九条殿遺誡』**　藤原師輔（九条殿）の遺訓。一巻。摂関期の貴族の心構え・作法など生活全般にわたる教訓が記され、子孫に尊重された。

▼**具注暦**　日の吉凶《きっきょう》や禁忌《きんき》などを注記した暦。毎年陰陽寮の暦博士が作成した。この具注暦には一日に二〜三行の間をとったものがあり、摂関期の貴族らは、この行間に日記を記した。

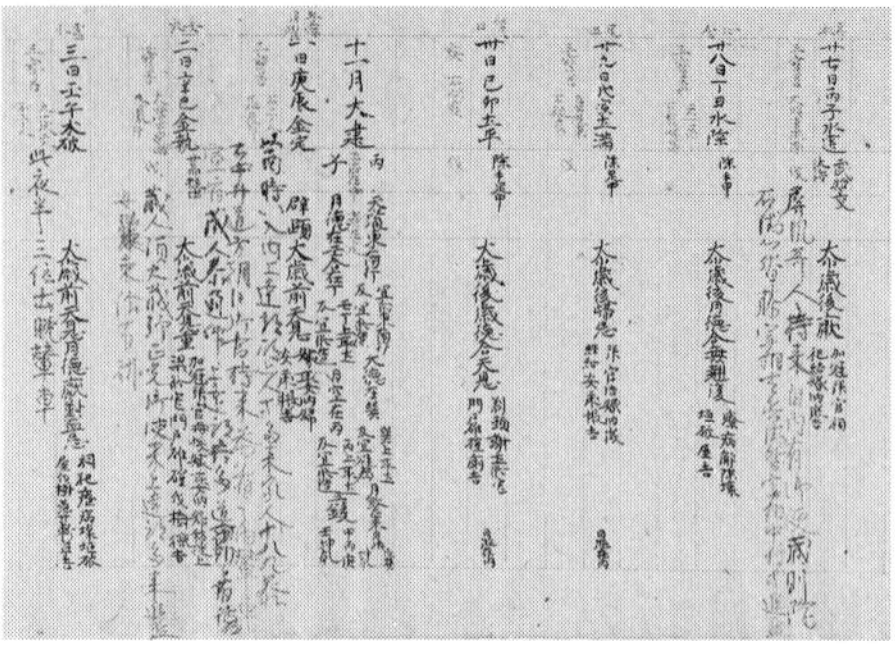

具注暦の例(『御堂関白記』長保元〈九九九〉年十一月一日、彰子入内前後の記事。左は部分拡大。)

暦《れき》▲)に日々記録したものであるが(日次記《ひなみき》)、のちに自身が儀式ごとに分類整理した形(部類記《ぶるいき》)で一部が残っている。個人の感情は基本的に記されないが、それでも個々の記録(日記)には行間から個性が感じられる。

一方で、同時代の女性の日記、著名な『蜻蛉《かげろう》日記』や『和泉式部《いずみしきぶ》日記』『更級《さらしな》日記』は、「身の上をのみする日記」(『蜻蛉日記』中)であり、自己の心情をあらわしたものであり、記録というより、文学作品である。

ただし、もっとも早い時期の女性の日記として知られる藤原穏子の日記は、男性の日記に近いものであったと思われる。穏子の日記は、「天暦母后御記《てんりゃくぼこうぎょき》」とか「天暦太后御日記」、あるいは「大宮日記」「大后御記」などとも称され、逸文が『御産部類記《ごさんぶるいき》』▲や『河海抄《かがいしょう》』▲に引用されて残っている。穏子ではなく、穏子の宮の女房《にょうぼう》が記した「女房日記」であるとする説もあるが、「御記」「御日記」と称されていることから、やはり穏子自身が記した日記とみるべきだと思う。

この穏子の日記は、かなで記されたと考えられ、知られるかぎりの内容は、村上天皇の誕生にかかわる記録、母后(穏子)と東宮《とうぐう》(村上天皇)との対面について、穏子の兄藤原忠平《ただひら》の算賀《さんが》、穏子自身の五十賀《ごじゅうのが》、娘の康子《こうし》内親王の裳着《もぎ》な

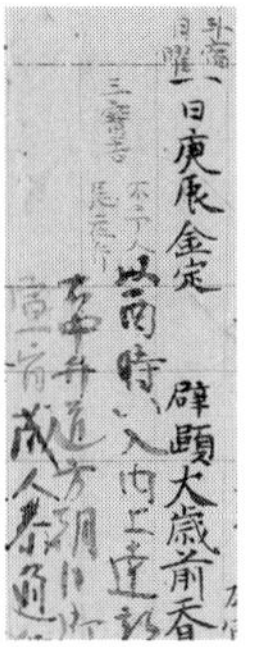

▼『御産部類記』　天皇、皇子・皇女の誕生にかかわる記述を、記録から抜書した部類記。ここで使用する宮内庁書陵部所蔵伏見宮本は、鎌倉期の写本で一九巻。詳しくは後述。

▼『河海抄』　『源氏物語』の注釈書。四辻善成《よつつじよしなり》の撰、二〇巻。将軍足利義詮《あしかがよしあきら》の命により、貞治《じょうじ》年間（一三六二〜一三六八）に撰進された。

どで、つまり宮中《きゅうちゅう》の慶事にかかわる記録である。『御産部類記』に引用されていることからも、穏子の日記が記録として重んじられていたことがわかる。

宮中の慶事に関する記録という点で、穏子の日記は、敦成親王《あつひらしんのう》（後一条《ごいちじょう》天皇）や敦良《あつなが》親王（後朱雀《ごすざく》天皇）の出産にかかわる慶事の記録を中心とする『紫式部《むらさきしきぶ》日記』と共通するところがある。また定子《ていし》の宮《みや》の栄華《えいが》を描く『枕草子《まくらのそうし》』の日記的章段も、一種の記録とみることができると思う。

ただし『枕草子』も『紫式部日記』も女性、それも「宮の女房」（かつ「受領《ずりょう》の娘」「受領の妻」）というきわめて限定的な世界に属した女性が記したものであることには注意する必要がある。もちろん、宮の女房たちは、宮廷社会で権勢を競った男性貴族《きぞく》たちに直に接する機会も多かったから、彼らの心情は理解できていたであろう。そうした心のひだを鋭くあるいは繊細に表現したのが、彼女たちの作品である。けれども摂関期の宮廷社会を経済的に支えた制度や、政務運営のシステム、政治の実態などは『枕草子』『紫式部日記』からは、ほとんどわからない。描かれた男性たちは、恋と宴会と詩歌《しいか》・管絃《かんげん》の風流《ふりゅう》の世界に生きていて、権謀術数《けんぼうじゅっすう》はめぐらしても、政務をとっている気配が感じられない。またこの時代は、疫病《えきびょう》▲や内裏焼亡《だいりしょうぼう》▲などの大きな災害も頻発したが、そうした暗い世相もあまり影を落としていない。

これを同時代の男性の残した日記と比べると、異なる世界がみえてくる。同時代の女性の日記と男性の日記とを読み比べてみると、その隔たりの大きさに愕然とするのだけれど、ここでは試みに、『枕草子』のなかの日記的な章段と、『紫式部日記』を中心に、これらを同時期の男性の日記と読みあわせてみよう。

『枕草子』と『権記』

近年、『枕草子』の名称の由来について、五味文彦氏によってあらたに興味深い説がだされた。『枕草子』三巻本の跋文《ばつぶん》には、当時の内《ない》大臣藤原伊周《これちか》が中宮《ちゅうぐう》定子のもとに紙を献上し、中宮が「これに何を書かまし。上の御前《おまえ》には(一条天皇のところでは)史記《しき》といふ文をなむ、書かせたまへる」といったのに対し、清少納言が「枕にこそは侍《はべ》らめ」と答えたというエピソードが語られている。この『史記』を枕に、という言葉の意味を、『史記』を「四季」にかけて、四季を枕に、「春はあけぼの」に始まる草子を書き始めたというのである。説得力の高い見解

▼疫病　一条朝においては、九九三〜九九四(正暦四〜五)年に疱《ほう》瘡《そう》(天然痘《てんねんとう》)が大流行し、路頭に死者が満ちた。九九五(長徳元)年にはふたたび疫病が流行し、四位・五位や公卿が多く死亡した。九九八(長徳四)年には赤斑瘡《あかもがさ》(麻疹《ましん》)が、一〇〇〇(長保二)年から翌年にかけても疫病が流行した。

▼内裏焼亡　九九九(長保元)年六月に内裏が火災で焼亡し、一条天皇は一条院に遷る。翌年には新造内裏が完成するが、翌一〇〇一(長保三)年十一月にふたたび内裏が焼亡する。その後、一〇〇五(寛弘二)年十一月にまた内裏が焼亡し、今度は神鏡が焼損してしまう。一〇〇九(寛弘六)年十月には一条院内裏が焼亡し、一条天皇は枇杷殿《びわどの》に遷っている。

であると思う。清少納言に紙が下賜されたのは、伊周が内大臣であった九九四(正暦《しょうりゃく》五)年から九九五(長徳《ちょうとく》元)年のころであろう。

　この草子、目に見え心に思ふ事を、人やは見むとすると思ひて、つれづれなる里《さと》居《い》のほどに、書きあつめたるを

ともあり、「つれづれなる里居のほど」とは、九九六(長徳二)年三月から閏《うるう》七月にかけてのことと考えられている。中宮定子は長徳の変によって苦境に立たされていたが、このころ清少納言は「道長方《みちながかた》」と疑われ、長期の里居を余儀なくされていたらしい。跋文の後段では、清少納言の里居の場所を承知していた源《みなもとの》経房《つねふさ》▲が「草子」をもちだした経緯も語られるが、これも九九六年のことと認められる。『枕草子』はその後も書き継がれ、内容的には、定子崩御《ほうぎょ》後の増補も含まれる。

　『枕草子』諸本には、さまざまな内容・形式の段がいりまじった雑纂《ざっさん》形態の本と、内容を分類整理した類纂《るいさん》形態の本とがあるが、前者が本来の姿であったらしい。雑纂形態の写本としては、三巻本系統と能因《のういん》本系統の諸本がある(五九ページ写真参照)。内容や形式から、(1)類聚的な章段、これには「家は」「木の花

▼**源経房**　九六九〜一〇二三。源高明《たかあきら》の子。生まれた年に父が安《あん》和《な》の変で失脚したが、姉の明子《めいし》が道長の妻となったこともあって、道長の猶子となり、官位昇進は順調で、正二位権中納言《しょうにいごんのちゅうなごん》にいたった。一条天皇の蔵人頭をつとめ、『枕草子』にもたびたび登場する。

は」などの「は型」と、「すさまじきもの」「過ぎにし方恋しきもの」などの「もの型」とがある、⑵「春はあけぼの」に代表される随想的な章段、⑶定子の宮の周辺社会を描いた日記的（回想的）な章段、の三つに分けるのが一般的である。

⑶日記的な章段については、男性の日記（記録）のように、暦に書かれたわけではなく、何年何月何日のことか明記してあるわけでもないが、内容からおおよその時期を特定することができる。実在の人物がその時々の官職で登場するため、時期を絞り込むことができ、それを同時期の男性の日記と引きあわせて読むことが可能である。

もちろん日記的な章段とはいえ、史実とは異なる部分もある。男性の日記が原則として、日々記録されたものであるのに対し、『枕草子』は現在形で表記されてはいても、それはあくまで回想であり、そこに清少納言自身による選択が働き、虚構が含まれていることは否定できないからである。史実と表現との問題は、藤原定家《さだいえ》▲ではないかとされる「耄及愚翁《ぼうきゅうぐおう》」（三巻本の奥書《おくがき》）の勘物《かんもつ》▲以来、認識されてきたことである。そのことには注意を払わなくてはならない。

一方、『権記《ごんき》』は藤原行成《ゆきなり》の日記である。これまでにもたびたび引用したが、

▼**藤原定家**　一一六二〜一二四一。鎌倉初期の歌人、公卿で、古典学者でもあった。藤原俊成の子。正二位権中納言にいたる。時代を代表する歌人で、『新古今和歌集』の選者。「小倉《おぐら》百人一首」を選んだことでも知られる。歌論、歌学書も著わしたが、『源氏物語』をはじめとする古典の研究、校訂・書写も精力的に行った。

▼**勘物**　書物の内容について調べてつけられた注記。人名・地名や事柄について、関連する記録などが引用されている。

「耄及愚翁」の安貞二（一二二八）**年の本奥書《ほんおくがき》**（岩瀬文庫本）

行成は一条《いちじょう》天皇の蔵人頭《くろうどのとう》をつとめた有能な官僚で、その日記は同時代の道長の『御堂関白記《みどうかんぱくき》』や実資《さねすけ》の『小右記《しょうゆうき》』と比べるとやや事務的なイメージである。

行成は摂政藤原伊尹《これまさ》(兼通《かねみち》・兼家《かねいえ》の兄)の孫である。しかし伊尹は行成の生まれた年になくなり、父の義孝《よしたか》も公卿《くぎょう》になることなく若くしてなくなったため、摂関の主流は兼家の子である道隆《みちたか》・道長に移ってしまっていた。そのため行成はなかなか出世できなかったのだが、その高い資質と能力を買われて、九九五年に蔵人頭に抜擢され、以後、一条天皇からも道長からも厚い信頼をえることになる。彰子の立后《りっこう》に際して、その理由付け——藤原氏の后《きさき》が全員出家しているため氏《うじ》の祭祀を行う后がいない——を考えたのも行成であったし(①章)、一条天皇が譲位するにあたって、定子の産んだ第一皇子敦康《あつやす》親王の処遇について相談した際、政治的な配慮の必要性を説いたのも行成であった(『権記』寛弘《かんこう》八〈一〇一一〉年五月二十七日条)。

『枕草子』には、清少納言が行成と機知に富んだやりとりをしているさまが描かれている。「餅餤《へいだん》」をめぐるエピソード▲(一二七段「二月、官の司《つかさ》に」)、『史記』孟《もう》嘗君《しょうくん》伝の故事を踏まえた会話や、▲百人一首《ひゃくにんいっしゅ》にもとられて著名な「夜をこめて」

▼「餅餤」エピソード　「餅餤」は餅の一種で、なかに鴨《かも》の卵や野菜をいれたもの。行成が列見に供された餅餤を、白梅をそえて解文《げぶみ》形式で進上してきたのに対し、清少納言は紅梅につけた返事を返した。行成は「昼はみっともないからみずからは持参しない」と記し、清少納言は「自分でこない人は礼儀知らず」とぴしゃりと返している。

▼「孟嘗君の故事」エピソード　「孟嘗君の故事」は、戦国時代、斉《せい》の孟嘗君が秦《しん》の昭襄王《しょうじょうおう》から逃れる際、夜の函谷関《かんこくかん》で従者に鶏の鳴きまねをさせて、門をあけさせた故事。行成が夜ふけて退出したことを「鶏の声」のせいにしたのに対し、清少納言が「孟嘗君の鶏か(偽の鶏の声か)」と返したエピソード。

の歌の贈答（一三〇段「頭弁《とうのべん》の、職《しき》にまゐりたまひて」）、『晋書《しんじょ》』王徽之《おうきし》伝を踏まえて「竹」を「この君」といいかえる当意即妙の返答▲（一三一段「五月ばかり、月もなういと暗きに」）など、清少納言の面目躍如のエピソードである。

もっとも、『史記』や『晋書』などの漢籍《かんせき》の知識を踏まえた軽妙な会話も、紫式部からは「したり顔（得意顔）」「さかしだち（利口ぶって）」「まだいとたらぬこと多かり（たりないところが多い）」とダメ出しをされてしまう。紫式部は、父仕込みの漢籍の素養をもっていながら、「一といふ文字をだに書きわたしはべらず（一という漢字すら書いてみせることをせず）」という態度をとっていたほどだから（『紫式部日記』）、清少納言の漢籍知識の浅薄さが我慢できなかったのであろう。しかし、行成たち殿上人《てんじょうびと》は、文人・学者レベルの漢籍知識を女房に求めていたのではない。行成ら殿上人の教養に話をあわせることができる、「をかしきことをもいひかけられて、いらへ恥なからずすべき人（気のきいたことをいいかけられ、恥ずかしくない答えをできる人）」（『紫式部日記』）が求められていたのであり、だからこそ職曹司《しきのぞうし》に遷った定子の宮へ「夜も昼も殿上人の絶ゆるをりなし」（『枕草子』七四段「職の御曹司におはしますころ、木立などの」）という状況であったので

▼**「この君」エピソード**　「この君」は、王徽之が人のいない家に竹を植えて「この君」と愛でた故事をいう。行成が職曹司の御簾《みす》から呉竹《ごちく》を差しいれたのを、清少納言が「この君でしたか」と返したエピソード。

ある。

　現存する『権記』では、早く九九三(正暦四)年四月二十四日、七月十六日に行成は中宮定子のもとに参っている。前者は中宮の万灯会《まんとうえ》▲のためであり、後者は源俊賢《としかた》▲と同席しての会であって、このころ行成は昇殿《しょうでん》こそ許されていたが、従《じゅ》四位《しい》下《げ》備後《びんご》権介《ごんのすけ》に甘んじていた。もし清少納言がこの年の春に宮仕えを始めていたのだとしたら、行成は蔵人頭に抜擢される以前から、清少納言を見知っていた可能性がある。ただし『枕草子』に登場する行成は、蔵人頭に任じられて以後の姿のみである。

　『枕草子』には親しく定子中宮のもとを訪れる蔵人頭行成と清少納言との交流が記されているわけだが、行成の日記『権記』のほうには、清少納言の姿はみえない。『権記』は行成が蔵人頭に任じられた九九五年の記事は欠失が多く、翌九九六年から九九七(長徳三)年五月半ばまでは現存していないという制約はあるが、個人的な女房との交流は、男性の日記には記されないのである。

　行成は九九八(長徳四)年十月に左中弁《さちゅうべん》から右大弁《うだいべん》に転任した。このとき二七歳の行成は、『権記』に三〇歳未満で大弁に任じられたのはこれまで貞信公《ていしんこう》

▼**万灯会**　多くの灯明《とうみょう》をともして仏・菩薩《ぼさつ》を供養する仏教法会。

▼**源俊賢**　九六〇〜一〇二七。源高明の子。母は藤原師輔の娘。父の失脚はあったが、順調に出世し、一条天皇の蔵人頭をつとめ、正二位権大納言にいたる。妹の明子は道長の妻であり、俊賢は彰子の中宮権大夫・皇太后宮大夫・太皇太后大夫をつとめるなど、道長・彰子の信任が厚かった。藤原公任《きんとう》・藤原斉信・藤原行成とともに寛弘の四納言と称された。

（藤原忠平▲）と八条大将《はちじょうのたいしょう》（藤原保忠▲）だけであることを誇らしげに記している。そしてさっそくその日のうちに天皇・東宮と左《さ》大臣道長に慶申《よろこびもうし》をし、翌日には冷泉院《れいぜいいん》・右《う》大臣藤原顕光《あきみつ》・為尊《ためたか》親王・花山院《かざんいん》・東三条院《ひがしさんじょういん》のもとに、さらにその翌日は皇后藤原遵子《じゅんし》・内大臣藤原公季《きんすえ》・太皇太后《たいこうたいごう》昌子内親王《しょうしないしんのう》のもとに慶賀に赴いている。しかし中宮定子のもとにはいっていない。天皇・東宮・三后《さんごう》（太皇太后・東三条院・皇后）および三大臣のもとにいきながら、定子のもとにだけ慶賀にいかなかったのである。

一方で、行成は定子がなくなった際、「世の中を　如何《いか》にせましと　思ひつつ起き臥すほどに　明け昏《くら》すかな」とよみ、「世間無常の比《ころ》、視るに触れ、聴くに触れ、只悲感を催す」と記している（『権記』長保《ちょうほ》二〈一〇〇〇〉年十二月十九日条）。また定子一周忌の法要は、公卿の参列はわずか四人であったが、行成は藤原斉《ただ》信《のぶ》・藤原有国《ありくに》・源俊賢とともにその一人であった（同長保三〈一〇〇一〉年十二月四日条）。つまり、行成は定子とその宮に対して懇親と同情の心をもちつつも、公的な振舞いとしては抑制せざるをえず、政治的な行動は道長の意向に従う処世術をたくみにこなしていたのである。

▼**藤原忠平**　八八〇〜九四九。藤原基経《もとつね》の子。長兄時平《ときひら》の早逝後、氏長者《うじのちょうじゃ》となる。朱雀天皇の摂政《せっしょう》、ついで関白《かんぱく》となった。子に実頼・師輔がいる。諡《おくりな》は貞信公。

▼**藤原保忠**　八九〇〜九三六。藤原時平の子。父の早逝もあり、自身も早逝したため、官は大納言止まりであった。

▼五十日の祝い　生後五〇日目に行われた祝宴の儀式。摂関期には、東西市で購入した餅を重湯にいれて新生児の口に含ませ、その無事の成長を願った。

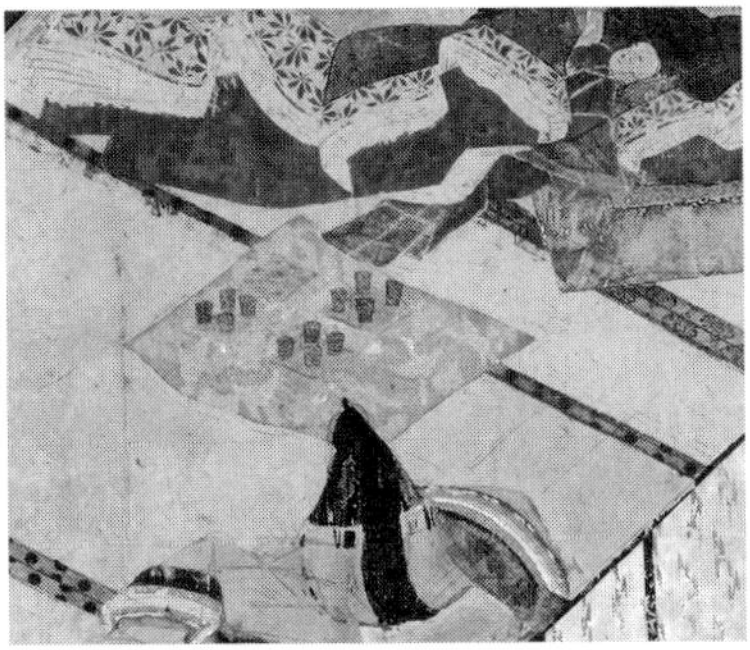

五十日の祝い（『紫式部日記絵巻』）

『紫式部日記』と『御産部類記』「不知記」

『紫式部日記』は、一〇〇八（寛弘五）年九月の彰子の敦成親王（後一条天皇）出産を軸に、一〇一〇（同七）年正月の敦良親王（後朱雀天皇）の五十日《いか》の祝い▲まで、彰子の後宮《こうきゅう》の盛儀を記した日記部分——日次記の形はとらず、回想が含まれるが——と、女房評や自身の心境などを記した消息《しょうそく》的部分とからなる。執筆の動機や構成については多くの議論があるが、『紫式部日記』の敦成親王誕生の記録は、『栄花物語《えいがものがたり》』にそのまま引用されていることからも、やはり記録としてなかば公的に記されたものとみてよい。そしてそれは、おそらく先学も指摘してきたように、道長の依頼を受けてのものであったであろう。

いわゆる女房評を含む消息文部分は、娘賢子《けんし》にあてて女房の心得を書いた書簡が紛れ込んだものとする田渕句美子氏の説に今は従っておきたい。

一方、宮内庁書陵部に所蔵される伏見宮《ふしみのみや》本『御産部類記』は、天皇および皇子女の誕生にかかわる記述を、諸記録から抜粋した部類記である。鎌倉《かまくら》時代にいくつかの段階をへて成立したものと考えられており、八八五（仁和《にんな》元）年の醍醐天皇の誕生から、一二六二（弘長《こうちょう》二）年の貴子《きし》内親王の誕生まで、二〇人の天皇と六人の皇子女の記録がおさめられている。後一条天皇誕生の記録は、巻四におさめられ、四つの「不知記《ふちき》▲」(一つは『小右記』)と『権記』『外記日記《げきにっき》▲』が引用されている。

最初に引用されているのは、前欠の「不知記」で、これは『小右記』であることがわかっている。寛弘五年九月十日条の途中から始まり、十一日の出産、その後の産養《うぶやしない》▲、十一月一日の五十日の祝い、同月十七日の中宮入内《じゅだい》までの記録である。ついで『権記』は、三月十九日に行成が中宮懐妊の夢をみたという記事で始まり、七月の中宮の土御門第《つちみかどてい》への出御《しゅつぎょ》、九月十一日の出産、十九日の九夜の産養までが載せられている。そのほか、三種のかなり詳細な「不知記」(記主は不明)と『外記日記』が残されている。

引用される内容は、「兼日《けんじつ》」という出産以前の日の記録、「御誕生」という出産当日の記録、「御産養」という出産後の三夜・五夜・七夜・九夜の産養の記録、「同(産養)已後《いご》の儀」である天皇の行幸《ぎょうこう》や五十日・百日《ももか》の祝宴の記録である。

この『御産部類記』の内容は、『紫式部日記』の構成も同様である。つまり、「兼日」にあたるのが、冒頭部分で、彰子が出産に備えて里第である土御門邸に

▼**「不知記」**　記主が不明の記録をいう。

▼**『外記日記』**　太政官《だいじょうかん》の外記による職務記録。日次記と儀式などの記録である別記とがあった。摂関期においては、先例の典拠として重要視された。八世紀末以降の逸文《いつぶん》が諸書に残り、六国史《りっこくし》以降の『日本紀略《にほんきりゃく》』の編纂材料であったことが知られる。

▼**産養**　小児誕生後に行われた祝宴の儀式。摂関期には、天皇の子女誕生の場合、三日・五日・七日・九日めの各夜に催された。

くだった七月中旬から記述が始まり、九月十一日の出産当日の詳細なようすが「御誕生」、三夜・五夜・七夜・九夜の「産養」の盛儀、それ「已後の儀」として十月十六日の一条天皇の土御門第行幸、十一月一日の五十日の祝宴と続く。『紫式部日記』がなんのために記述されたのかは、この構成から明らかであろう。

さて、ではここで、『紫式部日記』の記述と、『御産部類記』の記述を比較してみよう。具体的には、出産当日の記録の部分を次ページ表にまとめてみる。

『紫式部日記』には、当日伺候《しこう》した人びと—道長家の人びとや公卿・殿上人たち、女房たち—のようすが衣装なども含めて事細かく記されており、加持祈禱《かじきとう》の様相なども臨場感あふれる筆致で描かれ、その点で『御産部類記』に引用される日記とは大きく異なる。『御産部類記』に引用される日記のほかに、当日の『御堂関白記《みどうかんぱくき》』も残っているのだが、記述はきわめて簡略である。ただ『御堂関白記』は簡略ながらも、書くべき事項は記述してある。

『紫式部日記』には、出産当日の道長の姿も詳しく描かれている。加持僧の院《いん》源《げん》▲僧都《そうず》が安産祈願の願文《がんもん》(前日道長が作成した)を読み上げるのに、「殿のうちそへて、仏念じきこえたまふほどの頼もしく」とあり、また「殿のよろづにのの

▼**院源**　九五一〜一〇二八。天《てん》台僧《だいそう》。良源《りょうげん》に師事し、弁舌に優れていたらしい。一条天皇・三条天皇や東三条院、藤原道長らの信任が厚く、一〇二〇(寛仁《かんにん》四)年天台座主《ざす》、一〇二三(治安《じあん》三)年僧正《そうじょう》に任じられた。

「御産の禱《いのり》」安田靫彦《ゆきひこ》画
彰子の安産祈禱を描く。

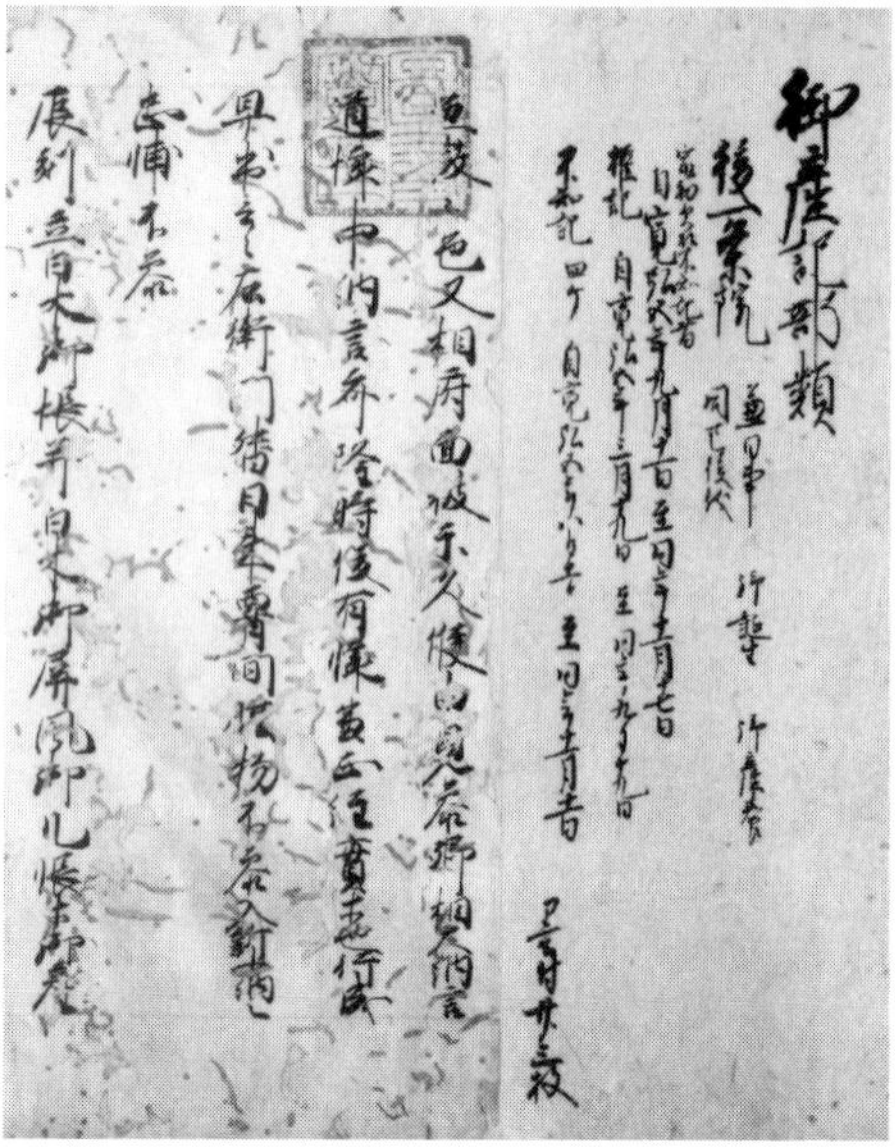

『御産部類記』4 巻冒頭

『紫式部日記』と『御産部類記』(寛弘５年９月11日：敦成親王誕生)

事　　項	紫式部日記	小右記	権記	不知記①	不知記②	不知記③	外記日記	参考：御堂関白記
十日，調度を白に改める	十日の明け方	十日辰刻	×	×	十日寅刻	×	×	×
加持祈禱	◎	○	×	×	○	×	×	○(賜禄記事)
散米	○	×	×	×	○	×	×	×
誕生	午刻	午時	午刻	午時	午刻	午時	午時	午時
陰陽師雑事日時を勘申	×	○	×	×	○	×	×	×
御湯殿雑具を準備	◎	○	×	○	○	×	×	○
乳付	◎	×	◎	×	○	○	×	○
読書博士	◎	◎	◎	◎	◎	◎	×	◎
鳴弦	○	×	×	○	◎	○	×	○
御劒勅使	◎	◎	×	◎	◎	×	×	◎
御湯殿儀	酉の刻とか	×	×	戌刻	戌刻	酉刻	×	酉時
夕御湯殿儀	○	×	×	入夜	子刻	×	×	○

＊伝聞記事を含む，○は記述あり，◎は詳細記述あり，×は記述なし。

しらせたまふ御声に、僧もけたれて（圧倒されて）音せぬやうなり」ともあって、道長がみずから仏の加護を祈り、大声でさまざまな指図をしていたようすがうかがえる。こうしたことも、『御堂関白記』には記されていないし、『御産部類記』に引用される日記にも直接は記されていない。しかし『御産部類記』引用の『小右記』によると、道長は実資に「仏神の冥助《めいじょ》によって平安《へいあん》にお産を遂げた」と語っており、同じく『権記』の「仏法の霊験《れいげん》なり」という感想も、『紫式部日記』に描かれた道長の姿をみれば、いっそう現実味をおびる。

『御産部類記』に引用される日記のなかでは、第二の「不知記」（「不知記②」）がもっとも詳細である。鳴弦《めいげん》▲（弦打《つるうち》）の五位一〇人、六位一〇人の官職・姓名、加持の陰陽師《おんみょうじ》の姓名と支給の禄《ろく》、僧が行った五大尊法《ごだいそんほう》▲の詳細も記されている。この「不知記②」の御湯殿儀《おゆどののぎ》の記述と、『紫式部日記』の記述を対比してみよう。

御湯殿儀は、新生児の湯浴《ゆあ》みの儀式で、朝夕二回七日間繰り返す。皇子誕生の場合は、このとき文章《もんじょう》博士・明経《みょうぎょう》博士らが漢籍のなかのしかるべき部分を読み上げる「読書《とくしょ》」が行われ、この間、鳴弦の儀礼が行われる。「不知記②」以外の日記の記述は、読書の博士が誰で、どの漢籍を読んだかが記録の中心である

▼**鳴弦**　弓の弦を指ではじいてならすことによって邪気を払うこと。誕生儀礼の一環として新生児の入浴（御湯殿儀）の際に行われた。

▼**五大尊法**　五大尊は、不動《ふどう》・降三世《ごうざんぜ》・軍荼利《ぐんだり》・大威徳《だいいとく》・金剛夜叉《こんごうやしゃ》の五明王《ごみょうおう》のこと。五大尊法は、明王ごとに壇《だん》を設けて修される密《みっ》教《きょう》の修法《しゅほう》をいう。道長はこの修法を信奉しており、法性寺《ほっしょうじ》に五大明王を安置した五大堂を建立《こんりゅう》した。

東福寺同聚院不動明王像　道長が建立した法性寺五大堂に安置されていた五大明王像の中尊不動明王像と伝えられる。仏師康尚《こうじょう》作。

が、『紫式部日記』は、「御湯殿は酉《とり》の刻《とき》とか。火ともして、宮のしもべ、みどりの衣《きぬ》の上に白き当色《とうじき》着て、御湯まゐる」と書き始め、きわめて詳細である。湯船に湯を張るさま、この儀式に奉仕する女房たちの衣装や髪型が精緻に記され、道長が生まれたばかりの若宮をだき、「御佩刀《みはかし》▲」と魔除けの「虎の頭」をもった唐衣《からぎぬ》すがたの女房が先払いをつとめたことを記す。産児に湯をかける御湯殿役は「宰相《さいしょう》の君」、これを介助して産児を受け取る御迎湯《おむかえゆ》役は「大納言《だいなごん》の君源簾《れん》子《し》」であった。

一方、「不知記②」も詳細で、中宮職の官人が記したものと考えられている。御湯殿の儀のための湯船や湯桶・匏《ひさご》など雑具の準備が出産と同時に始まったことを記し、陰陽師の勘文《かんもん》▲に従って「酉一刻《いっこく》(午後六時ごろ)」に湯を壬方《みずのえ》(吉方《えほう》、北北西)からくみ、「戌刻《いぬのこく》(午後八時ごろ)」に御湯殿の儀が始まったことを記す。場所と設営、奉仕の官人・女房、御湯加持の僧の記載もある。御湯殿役は「命婦《みょうぶ》従五位下《じゅごいげ》藤原朝臣《あそん》□子」、御迎湯役は「源簾子左大弁扶義《すけよし》朝臣女子也」と記す。

御湯殿役を『紫式部日記』は「宰相の君」と記し、「不知記②」は「命婦従五位下藤原朝臣□子」と記すが、両者はもちろん同一人物で、大納言藤原道綱《みちつな》の娘で

▼**御佩刀**　貴人が身に着ける刀。皇子が誕生した際に、天皇から賜る刀。「みはかせ」ともいう。

▼**勘文**　さまざまな事項について、朝廷《ちょうてい》の命《めい》を受けた専門家が先例や吉凶などを調査した結果を報告(勘申《かんじん》)した文書。天文勘文・地震勘文・明法《みょうぼう》勘文などが知られる。

ある藤原豊子《ほうし》である。後宮のうちでは「宰相の君」と呼ばれる女房も、公式の場での地位・名前は「命婦従五位下藤原豊子」なのである。

『紫式部日記』は後宮の内々の記録、「不知記②」は外向けの公的な記録といえる。内々の記録ではあるが、女房たちの衣装の精緻な描写など、潤色もある叙事詩のような作品で、物語的でもある。『栄花物語』につながる物語的記録といえるかと思う。

歴史的な制約

ここで改めて考えたいのは、『枕草子』に定子の敦康親王出産にかかわる記述がないことである。定子が九九九(長保元)年八月に出産のため、職曹司から中宮大進《だいしん》 平生昌《たいらのなりまさ》の家に移った際のエピソードは記されるが、十一月の出産やその後の産養、五十日、百日▲の儀式についての記述はまったくない。一条天皇の第一皇子である敦康親王は、十一月七日に生まれたのだが、その日は彰子に女《にょう》御《ご》の宣旨《せんじ》がくだったまさに同じ日であった。

この日の日記は、道長の『御堂関白記』、実資の『小右記』、行成の『権記』が残

▼**百日** 生後一〇〇日目に行われた祝宴の儀式。

っているのだが、この男性三人の日記はみごとにそれぞれの立場を反映していて興味深い。

まず『御堂関白記』には、敦康親王誕生についての記述は一切ない。六日前に入内した彰子に女御の宣旨がくだったこと、慶賀に公卿や殿上人が大勢集まったこと、一条天皇の渡御《とぎょ》があったこと、藤原氏だけでなく他氏も集まり公卿は全員そろったこと、宴会は盃が幾度もめぐらされる盛会であったことが記される。もちろん道長は一条天皇第一皇子誕生の報告は受けていたはずであるが、そのことを一切記さないのはきわめて意図的である。

つぎに『小右記』には「卯剋《うのこく》(午前六時ごろ)中宮男子を産む前但馬守《さきのたじまのかみ》(平)生昌三条宅、世に横《よ》川皮仙《かわのかわひじり》と云ふ」と記す。実資はいったん出家した定子がその後も天皇の寵愛を受けていることについて以前から批判的で、「横川皮仙」というのも、皮肉と侮蔑の意味が含まれているらしい。『小右記』には、続けて道長からの使者が、彰子に女御の宣旨がくだるので藤原氏の公卿は全員慶賀を奏すように伝えたこと、実資も彰子のもとに参ったこと、はなやかな宴会に、道長は上機嫌で彰子の直廬《じきろ》の調度装束を実資に披露したことなどが記される。天皇から定子のもとに「御剱《みはかし》（御佩刀）」を賜ったことは記されるが、記述の中心は女御彰子の祝宴であり、定子の出産には冷淡である。

一方、『権記』には、もちろん彰子に女御の宣旨がくだったことや、公卿らが慶賀に集ったこと、一条天皇の渡御があったことが記されているのだが、その日最初に記されているのは、定子の男子出産にかかわる記述である。朝早くに行成は天皇に呼びだされ、天皇から「中宮男子を誕《う》む」と伝えられた。「天気快《かい》然《ぜん》たり」、天皇はすっきりと機嫌よかった。天皇は行成に七夜の産養の準備など命じ、行成は事細かく手配している。その手厚い準備は、一条天皇がいかにこの皇子誕生を喜んでいたかを示している。

『枕草子』が定子後宮の栄華を記すものであれば、この第一皇子の誕生はその中心となるべき慶事であるはずである。道長・実資ら公卿たちの態度は冷ややかであったが、一条天皇からは心づくしの品々が届けられていたし、こののち百日のお祝いも天皇が渡って行われている。それにもかかわらず、『枕草子』はこれらにふれることはない。『栄花物語』には、敦康親王の七夜の産養を道長が奉仕したとあるが、『御堂関白記』にはまったく記述されていない。道長がこの

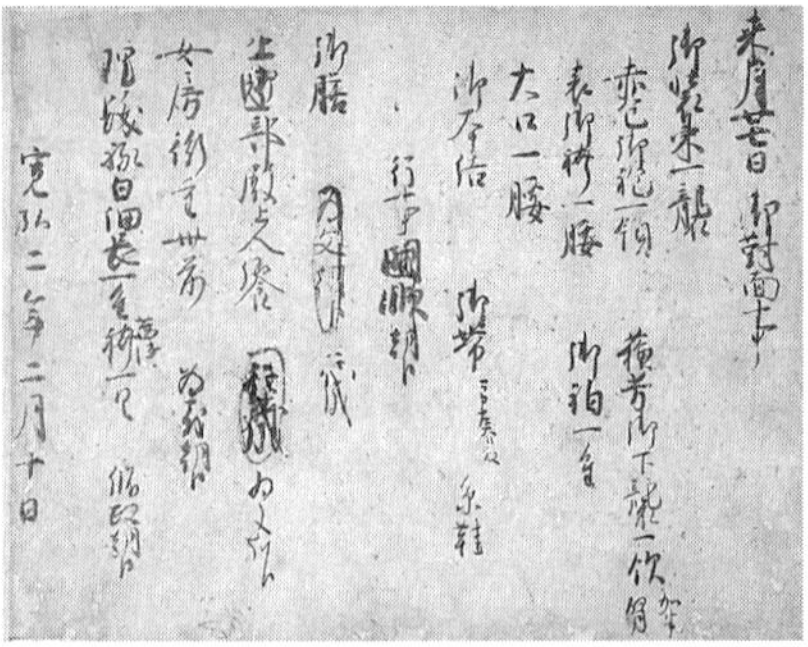

敦康親王初観《しょきん》関係史料　藤原行成筆。敦康親王がはじめて父一条天皇に公式に対面する儀式（初観）の準備にかかわる書付。行成は敦康親王家別当をつとめていた。この初観は一〇〇五（寛弘二）年三月二十七日に行われた。

第一皇子の誕生について、ことさらに無視していることを考えると、『枕草子』にも権力者道長の意向を酌んだ政治的な配慮があったとみるべきだと思う。

『枕草子』の日記的章段は、①章でもふれたが、実はその多くが道隆死後のものである。赤間恵都子氏の検討によると、『枕草子』の日記的章段は、清少納言が宮仕えを始める以前のものを除いて、はっきり時期を確定できるものは三三段である。そのうち、道隆がなくなるまでの中関白家全盛期のものが一〇段であるのに対し、それ以降が二三段ある。宮の慶事だけを記すものならば、中関白家全盛期の記述がもっと多くてもいいであろうし、また敦康親王の誕生などは筆をつくして描くにふさわしい場面である。にもかかわらず、清少納言がそれらを書かなかったということは、当時の政治情勢による制約があったということである。

敦康親王誕生の慶事を記さなかった清少納言の『枕草子』も、敦成親王・敦良親王誕生の慶事を記した紫式部の『紫式部日記』も、ともに摂関期の政治情勢という歴史的な制約を受けていたということができるであろう。

歴史の流れのなかで

　歴史的制約を受けていた清少納言・紫式部であるが、一方で彼女らの作品は歴史の流れのなかで生み出されたものである。

　万葉仮名《まんようがな》からかな文字が生まれ、かな文字の発達によって、和語(やまとことば)の自由な表現が可能になった。九〇五(延喜《えんぎ》五)年に勅撰《ちょくせん》の『古今和歌集《こきんわかしゅう》』が撰進されて、和歌は公的な地位をえる。清少納言と紫式部の生きた時代は、和漢《わかん》混淆《こんこう》の時代—和歌と漢詩《かんし》が併存し、『和漢朗詠集《ろうえいしゅう》』が編纂された時代—であったからこそ、かな文字による散文《さんぶん》が生まれた。その散文には、漢学の教養が必須であった。清少納言も紫式部も漢学の教養＝才《ざえ》をもって、中宮《ちゅうぐう》の女房《にょうぼう》となった。男性貴族《きぞく》たちとの接触に才は必須であった。受領《ずりょう》の娘として都《みやこ》とは異なる社会に接した経験も、宮の女房に求められた見識であろう。

紫式部が「日本紀の局《にほんぎのつぼね》」と呼ばれ、中宮に『白氏文集《はくしもんじゅう》』「新楽府《しんがふ》」を進講したことの意味は大きい。このころ、六国史《りっこくし》につぐ正史《せいし》の編纂が企画されていた。「日本紀」＝『日本書紀《にほんしょき》』はもちろん漢文で書かれた正史である。そして「新楽府」は単なる漢詩文ではない。政治の腐敗や社会の退廃を批判する諷諭詩《ふうゆし》であり、きわめて政治的な作品である。中宮彰子《しょうし》は、単に漢詩の教養を身につけようとしていたのではなく、歴史を理解し、政治的に必要な教養として「新楽府」を学ぼうとしていたことに注目すべきである。

本書ではふれることはできなかったが、摂関期《せっかんき》は母后《ぼこう》が政治的に一定の力をもっていたことが指摘されている。女房の職務に、男性貴族の取次ぎをつとめることがあったが(②章)、中宮に政治的権力があったからこそ、そこに仕える女房にも社会的な地位が認められたということであろう。

文学作品は、歴史の流れと無関係には形成されない。その意味で、作品の本質的な研究の前提としての時代を描くことができていたら望外の喜びである。

角田文衛『紫式部伝』法蔵館, 2007年
西本昌弘「「唐風文化」から「国風文化」へ」『岩波講座 日本歴史５　古代５』岩波書店, 2015年
橋本義彦『平安貴族社会の研究』吉川弘文館, 1976年
橋本義彦『平安貴族』(平凡社選書)平凡社, 1986年
服藤早苗「宴と彰子——一種物と地火炉—」大隅和雄編『文化史の構想』吉川弘文館, 2003年
服藤早苗『平安王朝社会のジェンダー』校倉書房, 2005年
古瀬奈津子「摂関政治成立の歴史的意義—摂関政治と母后」『日本史研究』462, 2001年
古瀬奈津子『摂関政治』(岩波新書)岩波書店, 2011年
枕草子研究会編『枕草子大事典』勉誠出版, 2001年
益田勝実「紫式部の身分」㈠～㈢『日本文学』22—３～５, 1973年
増田繁夫『源氏物語と貴族社会』吉川弘文館, 2002年
増田繁夫『評伝 紫式部　世俗執着と出家願望』和泉書院, 2014年
松薗斉『王朝日記論』法政大学出版局, 2006年
宮崎荘平『女房日記の論理と構造』笠間書院, 1996年
目崎徳衛『貴族社会と古典文化』吉川弘文館, 2005年
山中裕編『古記録と日記』上・下, 思文閣出版, 1993年
山本淳子『紫式部集論』和泉書院, 2005年
山本淳子『源氏物語の時代　一条天皇と后たちのものがたり』朝日新聞社, 2007年
吉川真司『律令官僚制の研究』塙書房, 1998年

写真所蔵・提供者一覧(敬称略・五十音順)

金峯神社・京都国立博物館　p. 70
宮内庁京都事務所　p. 29, 42
宮内庁三の丸尚蔵館　p. 92
宮内庁書陵部　p. 86上右
公益財団法人五島美術館　カバー裏, p. 17, 83
公益財団法人東洋文庫　p. 53下
公益財団法人阪急文化財団逸翁美術館　扉
公益財団法人藤田美術館　p. 10
公益財団法人陽明文庫　p. 74, 75
国立公文書館　p. 43
国立歴史民俗博物館　p. 16, 34
田中家・中央公論新社　p. 12上, 18上
東京国立博物館・Image:TNM Image Archives　p. 4, 53上
東福寺同聚院　p. 87
西尾市岩瀬文庫　p. 59上, 78
安田建一・東京国立博物館(所蔵)・Image:TNM Image Archives　p. 86上左
早稲田大学図書館　p. 51
個人蔵　カバー表, p. 69上
個人蔵・『和様の書』(東京国立博物館編, 2013年)より転載　p. 11

参考文献

〔本文と註釈〕
久保田淳監修, 武田早苗・佐藤雅代・中周子『賀茂保憲女集・赤染衛門集・清少納言集・紫式部集・藤三位集』(和歌文学大系)明治書院, 2000年
中野幸一ほか『和泉式部日記　紫式部日記　更級日記　讃岐典侍日記』(新編日本古典文学全集26)小学館, 1994年
萩谷朴『紫式部日記全注釈』上・下, 角川書店, 1973年
萩谷朴『枕草子解環』全５冊, 同朋舎出版, 1981〜83年
松尾聰・永井和子『枕草子』(新編日本古典文学全集18)小学館, 1997年　＊３巻本　本書での枕草子の章段および引用はこれによる。
山中裕ほか『栄花物語』全３冊(新編日本古典文学全集31〜33), 小学館, 1995〜98年
山中裕編『御堂関白記全註釈』全16冊(復刻版含む), 思文閣出版, 2003〜12年
山本利達『紫式部日記　紫式部集』(日本古典集成)新潮社, 1980年
渡辺実『枕草子』(新日本古典文学大系25)岩波書店, 1991年　＊３巻本
ほかに,『小右記』は大日本古記録(岩波書店),『権記』は史料纂集(続群書類従完成会),『御産部類記』は図書寮叢刊(明治書院)を使用し, 私に読みくだした。

〔研究文献〕
赤間恵都子『枕草子日記的章段の研究』三省堂, 2009年
今井源衛『紫式部』(人物叢書)吉川弘文館, 1966年
岩佐美代子『宮廷に生きる―天皇と女房と』笠間書院, 1997年
榎本淳一『唐王朝と古代日本』吉川弘文館, 2008年
大津透『日本の歴史06　道長と宮廷社会』講談社, 2001年(学術文庫2009年)
朧谷寿『藤原道長』(ミネルヴァ日本評伝選)ミネルヴァ書房, 2007年
河添房江『源氏物語と東アジア世界』ＮＨＫ出版, 2007年
岸上慎二『清少納言』(人物叢書)吉川弘文館, 1962年
木村茂光『歴史から読む『土佐日記』』東京堂出版, 2010年
倉本一宏『一条天皇』(人物叢書)吉川弘文館, 2003年
黒板伸夫『藤原行成』(人物叢書)吉川弘文館, 1994年
黒板伸夫監修・三橋正編『小右記註釈　長元四年』八木書店, 2008年
小島潔・津島知明『枕草子　創造と新生』翰林書房, 2011年
古代学協会・古代学研究所編『平安京提要』角川書店, 1994年
五味文彦『『枕草子』の歴史学　春は曙の謎を解く』朝日新聞出版, 2014年
佐々木恵介『受領と地方社会』(日本史リブレット)山川出版社, 2004年
清水好子『紫式部』(岩波新書)岩波書店, 1973年
東海林亜矢子「母后の内裏居住と王権」『お茶の水史学』48, 2004年
田渕句美子「『紫式部日記』消息文再考―『阿仏の文』から―」『国語と国文学』85―12, 2008年
玉井力『平安時代の貴族と天皇』岩波書店, 2000年
玉腰芳夫『古代日本のすまい：建築的場所の研究』ナカニシヤ出版, 1980年
土田直鎮『日本の歴史５　王朝の貴族』(改版)(中公文庫)中央公論新社, 2004年(初版1965年, 文庫初版1973年)
角田文衛『日本の後宮』学燈社, 1973年

				のころ清少納言，ふたたび定子のもとに出仕か
998	長徳 4	33	26	秋ころ紫式部，帰京，藤原宣孝と結婚か
999	長保元	34	27	***6*** 内裏焼亡，天皇は一条院に遷る。***8*** 定子，職曹司から平生昌宅に遷る。***11-1*** 彰子入内。***11-7*** 彰子，女御になる。同日，定子，一条天皇第一皇子敦康親王を出産。このころ紫式部，賢子(大弐三位)を出産
1000	2	35	28	***2*** 定子が皇后に，彰子が中宮に立つ(二后並立)。***10*** 一条天皇，一条院内裏から新造内裏に還御。***12*** 定子，媄子内親王を出産し，没
1001	3	36	29	***4*** 宣孝没。***11*** 内裏焼亡。***12*** 東三条院詮子没。このころ清少納言，夫藤原棟世の任国摂津にあったか
1004	寛弘元	39	32	このころ紫式部，中宮彰子に出仕か
1005	2	40	33	***11*** 内裏焼亡，神鏡焼損。
1007	4	42	35	***8*** 藤原道長，金峯山に参詣し，経筒を埋納する
1008	5	43	36	このころ紫式部，中宮彰子に楽府を進講。***9*** 彰子，敦成親王(後一条天皇)を出産
1009	6	44	37	***10*** 一条院内裏焼亡，一条天皇は枇杷殿に遷る。***11*** 彰子，敦良親王(後朱雀天皇)を出産
1010	7	45	38	***1*** 伊周没。***8*** 国史編集のことを議する。***11*** 一条天皇，枇杷殿より一条院内裏に遷る。このころ『紫式部日記』成立か
1011	8	46	39	***2*** 為時，越後守に任，下向中に紫式部の兄弟惟規没。***6*** 一条天皇崩御，三条天皇践祚，敦成親王立太子。***8*** 道長内覧となる。***10*** 三条天皇即位
1012	長和元	47	40	***2*** 中宮彰子を皇太后に，三条天皇女御妍子を中宮に立つ。***4*** 三条天皇女御娍子を皇后に立つ
1013	2	48	41	このころ『紫式部集』成立か
1014	3	49	42	***2*** 内裏焼亡。***6*** 為時，越後守を辞して帰京
1015	4	50	43	閏***6*** 清少納言の兄弟戒秀没。***10*** 道長，准摂政となる
1016	5	51	44	***1*** 三条天皇譲位，後一条天皇即位，敦明親王(三条皇子)立太子。道長摂政となる。***4*** 為時出家
1017	寛仁元	52	45	***3*** 清少納言の兄弟清原致信，殺害される。***8*** 敦明親王皇太子を辞す(小一条院)。敦良親王立太子。このころ清少納言の娘小馬命婦，彰子に仕える
1018	2		46	***1*** 皇太后彰子，太皇太后となる。***10*** 中宮妍子を皇太后に，女御威子を中宮に立つ(一家三后)。***12*** 敦康親王没
1019	3		47	***3*** 道長出家。***4*** 女真人，九州に襲来(刀伊の入寇)，大宰帥隆家これを撃退

清少納言・紫式部とその時代

＊清少納言と紫式部の年齢は推定

西暦	年号	齢(清)	齢(紫)	おもな事項
966	康保 3	1		このころ清少納言誕生か。父清原元輔，母不明
969	安和 2	4		***3*** 安和の変，源高明左遷。***9*** 円融天皇即位
973	天延元	8	1	このころ紫式部誕生か。父藤原為時，母藤原為信女
974	2	9	2	元輔，周防守に任。清少納言も任国下向か？
977	貞元 2	12	5	定子誕生，父藤原道隆，母高階貴子。***3*** 為時，東宮(花山天皇)読書始めに尚復をつとめる
980	天元 3	15	8	***6*** 懐仁親王(一条天皇)誕生，父円融天皇，母藤原詮子
981	4	16	9	このころ清少納言，橘則光と結婚か
982	5	17	10	このころ清少納言，橘則長を出産か
984	永観 2	19	12	***8*** 円融天皇譲位，懐仁親王立太子。***10*** 花山天皇即位，為時六位蔵人に任
986	寛和 2	21	14	***6*** 花山天皇出家，一条天皇践祚。藤原兼家，摂政になる。***7*** 一条天皇即位。元輔，肥後守に任
988	永延 2	23	16	彰子誕生，父藤原道長，母源倫子
989	永祚元	24	17	***2*** 道隆，内大臣に任。***12*** 兼家，太政大臣に任
990	正暦元	25	18	***1*** 一条天皇元服，定子入内。***2*** 定子，女御になる。***5*** 道隆，摂政になる。***6*** 元輔，肥後国で没。***7*** 兼家没。***10*** 定子立后
991	2	26	19	***9*** 皇太后詮子出家，東三条院の女院号宣下
993	4	28	21	***4*** 道隆，関白となる。***8*** 一条天皇，疱瘡に罹患。閏***10***ごろ清少納言，中宮定子に出仕か。***11*** 定子，豊明節会に五節舞姫を献ず
994	5	29	22	***2*** 道隆，法興院積善寺で一切経供養。***8*** 藤原伊周，内大臣に任
995	長徳元	30	23	***3*** 道隆病，伊周内覧になる。***4*** 道隆没。藤原道兼関白となる。***5*** 疫病流行，関白道兼没。道長内覧となる。***6*** 道長，右大臣に任，氏長者となる。***10*** 一条天皇，石清水八幡宮に行幸
996	2	31	24	***1*** 為時，越前守に任。藤原伊周・隆家が花山法皇を射る。***3*** 定子，職曹司から二条第(二条宮)に遷る。このころから清少納言，里居か。***4*** 伊周・隆家左遷(長徳の変)。***5*** 中宮定子出家。***6*** 定子の二条宮焼亡。***7*** 道長，左大臣に任。このころ紫式部，父の任国越前に赴く。***10*** 高階貴子没。***12*** 定子，脩子内親王を出産
997	3	32	25	***4*** 東三条院詮子の病による大赦で，伊周・隆家の罪が赦される。***6*** 中宮定子，職曹司に遷る。こ

丸山裕美子（まるやま　ゆみこ）
1961年生まれ
お茶の水女子大学大学院人間文化研究科博士課程単位取得退学
博士（文学）（東京大学）
専攻，日本古代史
現在，愛知県立大学教授
主要著書・論文
「平安時代の国家と賀茂祭―斎院禊祭料と祭除目を中心に―」
（『日本史研究』第339号1990）
『日本の歴史08　古代天皇制を考える』（共著，講談社学術文庫2009）
『正倉院文書の世界』（中公新書2010）
大津透・池田尚隆編『藤原道長事典』（分担執筆，思文閣出版2017）
『本草和名：影印・翻刻と研究』（共著，汲古書院2021）

日本史リブレット人 020
清少納言《せいしょうなごん》と紫式部《むらさきしきぶ》
和漢混淆の時代の宮の女房

2015年10月25日　1版1刷　発行
2024年1月20日　1版4刷　発行

著者：丸山裕美子《まるやまゆみこ》

発行者：野澤武史

発行所：株式会社 山川出版社

〒101－0047　東京都千代田区内神田1－13－13
電話 03(3293)8131(営業)
03(3293)8135(編集)
https://www.yamakawa.co.jp/

印刷所：明和印刷株式会社

製本所：株式会社 ブロケード

装幀：菊地信義

ISBN 978-4-634-54820-6

日本史リブレット 人

1 卑弥呼と台与——仁藤敦史
2 倭の五王——森　公章
3 蘇我大臣家——佐藤長門
4 聖徳太子——大平　聡
5 天智天皇——須原祥二
6 天武天皇と持統天皇——義江明子
7 聖武天皇——寺崎保広
8 行基——鈴木景二
9 藤原不比等——坂上康俊
10 大伴家持——鐘江宏之
11 桓武天皇——西本昌弘
12 空海——曾根正人
13 円仁と円珍——平野卓治
14 菅原道真——大隅清陽
15 藤原良房——今　正秀
16 宇多天皇と醍醐天皇——川尻秋生
17 平将門と藤原純友——下向井龍彦
18 源信と空也——新川登亀男
19 藤原道長——大津　透
20 清少納言と紫式部——丸山裕美子
21 後三条天皇——美川　圭
22 源義家——野口　実
23 奥州藤原三代——斉藤利男
24 後白河上皇——遠藤基郎
25 平清盛——上杉和彦
26 源頼朝——高橋典幸
27 重源と栄西——久野修義
28 法然——平　雅行
29 北条時政と北条政子——関　幸彦
30 藤原定家——五味文彦
31 後鳥羽上皇——杉橋隆夫
32 北条泰時——三田武繁
33 日蓮と一遍——佐々木馨
34 北条時宗と安達泰盛——福島金治
35 北条高時と金沢貞顕——永井　晋
36 足利尊氏と足利直義——山家浩樹
37 後醍醐天皇——本郷和人
38 北畠親房と今川了俊——近藤成一
39 足利義満——伊藤喜良
40 足利義政と日野富子——田端泰子
41 蓮如——神田千里
42 北条早雲——池上裕子
43 武田信玄と毛利元就——鴨川達夫
44 フランシスコ＝ザビエル——浅見雅一
45 織田信長——藤田達生
46 徳川家康——藤井譲治
47 後水尾院と東福門院——山口和夫
48 徳川光圀——鈴木暎一
49 徳川綱吉——福田千鶴
50 渋川春海——林　淳
51 徳川吉宗——大石　学
52 田沼意次——深谷克己
53 遠山景元——藤田　覚
54 酒井抱一——玉蟲敏子
55 葛飾北斎——大久保純一
56 塙保己一——高埜利彦
57 伊能忠敬——星埜由尚
58 近藤重蔵と近藤富蔵——谷本晃久
59 二宮尊徳——舟橋明宏
60 平田篤胤と佐藤信淵——小野　将
61 大原幽学と飯岡助五郎——高橋　敏
62 ケンペルとシーボルト——松井洋子
63 小林一茶——青木美智男
64 鶴屋南北——諏訪春雄
65 中山みき——小澤　浩
66 勝小吉と勝海舟——大口勇次郎
67 坂本龍馬——井上　勲
68 土方歳三と榎本武揚——宮地正人
69 徳川慶喜——松尾正人
70 木戸孝允——一坂太郎
71 西郷隆盛——徳永和喜
72 大久保利通——佐々木克
73 明治天皇と昭憲皇太后——佐々木隆
74 岩倉具視——坂本一登
75 後藤象二郎——村瀬信一
76 福澤諭吉と大隈重信——池田勇太
77 伊藤博文と山県有朋——西川　誠
78 井上馨——神山恒雄
79 河野広中と田中正造——田崎公司
80 尚泰——川畑　恵
81 森有礼と内村鑑三——狐塚裕子
82 重野安繹と久米邦武——松沢裕作
83 徳富蘇峰——中野目徹
84 岡倉天心と大川周明——塩出浩之
85 渋沢栄一——井上　潤
86 三野村利左衛門と益田孝——森田貴子
87 ボワソナード——池田眞朗
88 島地黙雷——山口輝臣
89 児玉源太郎——大澤博明
90 西園寺公望——永井　和
91 桂太郎と森鷗外——荒木康彦
92 高峰譲吉と豊田佐吉——鈴木　淳
93 平塚らいてう——差波亜紀子
94 原敬——季武嘉也
95 美濃部達吉と吉野作造——古川江里子
96 斎藤実——小林和幸
97 田中義一——加藤陽子
98 松岡洋右——田浦雅徳
99 溥儀——塚瀬　進
100 東条英機——古川隆久

〈白ヌキ数字は既刊〉